Les effeuilleuses

Stella Duffy

Les effeuilleuses

Traduit de l'anglais par Nathalie Mège

Pour Shelley – comme de juste

Merci à Shelley Silas pour sa foi, son amour, et le vert de ses yeux ; à Yvonne Baker, pour son soutien et son enthousiasme extraordinaires ; à Jo Stones, pour son expérience ; sans compter Dolores Hoy, Len Baker, Emma Hill, Ruth Logan, Luke Sorba, Veronica Tatterhall et Ilsa Yardley, qui m'ont aidée tout au long du chemin, ainsi que Pete Ayrton et Laurence O'Toole, de Serpent's Tail, qui ont persévéré face à un inquiétant pessimisme.

1

Déjeuner

Elle avait des jambes élancées, de grands yeux marron, des seins superbes et des pommettes à se damner.

« Le corps d'Isabella Rossellini », devais-je dire par la suite à qui posait la question. Ainsi qu'à moult autres qui n'avaient rien demandé. Une amie l'avait amenée me voir jouer. Une amie commune. Et moi, vas-y que je te monte à l'assaut après le spectacle, toute fringante et toute décolletée, et elle, toute en jambes, en regard et pommettes... Impossible, dès le départ. On flirta légèrement, parla beaucoup, peignant nos professions sous un jour un peu plus romantique qu'elles ne le méritaient vraiment, et puis on se quitta là-dessus. J'avais décliné sa proposition de me déposer à la maison : je ne suis pas compliquée, comme fille, mais tout de même. Sans compter le trajet : Vauxhall, via Richmond pour récupérer sa voiture garée devant *Esther's*, alors qu'elle repartait ensuite pour Golders Green... À vue de nez, c'était un peu trop demander par rapport à ce qu'augurait une première rencontre de ce type. Sans compter qu'ainsi je pourrais me précipiter chez moi pour raconter à la brochette d'ex-amantes avec lesquelles je vis l'histoire de la femme taillée comme Isabella Rossellini.

La femme taillée comme Isabella Rossellini. Celle avec laquelle je vis.

— Non, Esther, affirmai-je. Je ne veux pas d'une nouvelle pucelle lesbienne. Je refuse de convaincre qui que ce soit d'autre de sortir du placard, et de la consoler au fil de ses déboires professionnels. Je ne peux pas assumer cette responsabilité. Je ne souhaite pas jouer une fois de plus le rôle de Premier Plan Cul Lesbien.

Je marquai un silence, ménageant mes effets.

— Sans doute suis-je libérée sexuellement, mais pas au point de jouer les Manuels d'Initiation aux Joies du Saphisme.

— Enfin, plus maintenant.

Ce *sotto voce* en provenance de Dolores m'incita à un pincement de cuisse, que j'espérais tout à la fois ludique et douloureux.

Là-dessus, un : « Mais Maggie, elle n'est pas vierge, lesbiennement parlant ! » notablement agacé en provenance d'Esther, laquelle l'était sans conteste de son côté et estimait sûrement, sinon de mon devoir absolu, du moins fort tentant, que je m'attelle à l'éradication desdits pucelages.

— Elle a été avec une femme – plusieurs. Et elle l'a annoncé à sa famille, qu'elle avait couché avec des filles !

— Le fait est qu'on ne peut pas en dire autant d'Esther.

À ce point de la conversation, j'ai repincé Dolores, de façon strictement douloureuse, espérais-je. Rester amie avec vos ex-amantes s'avère parfois casse-cuisses. La cuisse de Dolores. Esther m'a regardée avec les yeux implorants d'une juive hétéro dépourvue de mec qui essaie de jouer les marieuses pour une gouine catholique, célibataire et heureuse de l'être. On se trouve rarement dans une position pareille, et ce n'était pas facile de résister.

La femme taillée comme Isabella Rossellini a de longues cuisses fermes.

Ainsi donc, elle était venue me voir jouer. Amenée par une amie commune. Et moi, ce soir-là, et vas-y, que je me montre drôle et pleine d'esprit, et que je te déploie mon charme – ce qui ne ressemble en rien, bien entendu, à mon être véritable, névrosé et pétri de terreurs : parce que le café-théâtre, c'est de la COMÉDIE – mais allez dire ça à qui vient vous voir jouer pour la première fois, une quelqu'une aux grands yeux sombres et à la peau mate qui paraît plus que ses trente et un ans, qui a l'air d'une adulte. Déjà, là, ça ne pouvait pas marcher. Nous étions vouées à notre perte – moi à cause de sa plastique, elle du premier rire que je lui avais arraché. Elle n'avait aucune part de responsabilité dans ces pommettes, c'était dû à la simple génétique, et j'étais payée pour déclencher son hilarité, mais ça ne changea rien à l'affaire : nous étions disponibles chacune de notre côté et, ainsi qu'il en va généralement, je m'arrangeai pour ignorer tous les signaux annonciateurs de danger :

« Ne le fais pas juste parce que c'est la première goudou bien roulée sur laquelle tu tombes depuis un an. »

« Ni parce que tu as envie de t'envoyer en l'air et qu'elle a l'air de savoir comment s'y prendre. »

« Ni simplement parce que tu peux. » (Joelene.)

Le lendemain, elle m'appelait pour me proposer de sortir ensemble un soir.

Dolores me transmit le message deux mardis plus tard.

On convint de se retrouver pour déjeuner.

Je perçai un trou dans la chemise fétiche de Dolores avec le fer à repasser.

Il s'en est écoulé, des semaines, depuis ce premier déjeuner.

Nous avons mangé des pâtes fraîches.

Je me levai à dix heures pour me préparer. En général, je travaille jusqu'à une heure du matin et me couche au milieu de la nuit, alors il faut vraiment qu'il y ait quelque chose de spécial pour que je me lève avant les infos de midi. Je pris un bain et me lavai les cheveux afin de faire boucler encore plus mes longues mèches rousses. Je paniquai et me dis que j'étais la femme la plus laide de la planète ; soufflai dans mon cristal et pris une grande gorgée de whisky sec ; me rendis compte que je n'étais pas laide, juste ordinaire et sans attrait particulier ; formulai trois assertions positives et environ cinq négatives ; me glissai, me lissai, dans le tout nouveau caleçon charbon de Dolores encore dépourvu de plis aux genoux, auquel j'adjoignis un gilet sans manches (un soupçon de poils sous les bras, une tartine d'Eternity). Je me dis qu'en réalité, j'avais une bonne tête, et mes yeux sont chouettes, le fait est. J'enfilai ma veste de coton, des baskets rouges pleines de peps et enfourchai mon vélo, si bien que j'arrivai cramoisie, essoufflée, un tantinet en retard et raisonnablement séduisante.

Elle préfère les corps presque entièrement épilés.

Ainsi que je le disais, nous avons toutes les deux choisi des pâtes fraîches.

Comme elle n'avait pas annoncé qu'elle m'invitait, je fis le cumul de mes plats au moment de commander, en espérant qu'elle ne prenne rien de cher et que ma part n'excède pas quinze livres lorsqu'il faudrait partager l'addition. Si je dis quinze, c'est parce que c'était absolument tout ce qui me restait pour tenir jusqu'au jeudi, jour où arriverait le chèque de mes indemnités de chômage. Non, j'exagère. Licence poétique. Quinze livres et trente-six pence. Parvenue au milieu du repas, je pris un deuxième verre de vin et décidai que je voulais du dessert, étant donné que lui devoir de l'argent n'était pas nécessairement une mauvaise chose. Ça me fournirait au moins une raison pour la revoir.

On passa deux heures et demie à discuter, et je me dis qu'elle devait avoir un bon poste dans sa société pour qu'on la laisse prendre une aussi longue pause-déjeuner. On parla famille, enfance et voyages ; comme on voulait s'impressionner mutuellement sans se livrer à fond, chacune embellit, enjoliva, et garda ses soucis pour elle.

On discutait, et je me rendais compte de mon aveuglement : elle avait les yeux verts, n'était pas particulièrement grande, et sa poitrine pas si ample que ça, même si elle a vraiment les jambes élancées et bien galbées. Je modifiai sensiblement l'image vidéo que je m'étais fabriquée, et à « des joues à se damner » ajoutai « des hanches sur lesquelles me percer ». Pour une lesbienne féministe moderne, je peux me montrer horriblement catho.

Quand l'addition arriva, elle se montait à plus de quarante livres, alors je partis discrètement me refaire une beauté afin qu'elle puisse régler, tout aussi discrètement. Je remarquai qu'elle demandait – avec discrétion – une facture pour ses frais. Elle me filofaxa pour me retrouver sans peine. J'écrivis son numéro sur une enveloppe trouvée dans mes poches, qui contenait plusieurs photos de moi et d'une ex prises deux étés plus tôt à Brighton. J'avais déchiré les tirages au cours de l'hiver, mais je m'accrochais aux versions négatives.

Nous prîmes rendez-vous pour dix jours plus tard.

« Tu es malade, Maggie. Ne fais pas ça. Je ne pourrai pas le supporter. Les autres filles non plus. Tu n'auras pas les moyens de te payer la thérapie après. Ne va pas croire qu'une Juive de Golders Green t'aimera encore après le Kippour, ma puce. »

Dolores se prend parfois pour Tennessee Williams. Mais la plupart du temps, elle a plutôt des côtés Gertrude Stein. De mon côté, je fais très bien à manger, mais je déteste les livres de cuisine. La mère de Dolores était catholique, son frère est un socialiste invétéré, et elle a hérité de ce prénom par référence à Dolores Ibarruri, l'héroïne de la guerre d'Espagne ; c'était avant que son père quitte le domicile conjugal, laissant sa mère l'élever toute seule. Lorsque Dolores a atteint vingt-huit ans, elle s'est découvert une grand-mère paternelle. Qui était juive. Même si, en conséquence, Dolores ne l'est pas strictement parlant, et bien que le judaïsme de son aïeule se soit limité à la dénomination des fêtes religieuses (sans célébration pour autant), tandis que ladite grand-mère s'est révélée une vieille sorcière bornée et acariâtre, Dolores, passant outre, s'est lancée dans l'étude de sa religion élue avec une ferveur qui n'a d'égale que sa dévotion envers les premiers écrits de Rita Mae Brown (période pré-Martina – Dolores déteste le sport, elle n'aime pas transpirer). Lorsque Dolores a découvert l'infâme prière : « Merci, mon Dieu, de ne m'avoir pas fait femme », son ardeur s'est quelque peu refroidie. À présent, elle confine sa religiosité à la célébration des fêtes sacrées et du Livre de Ruth.

Je passai la Pâque juive en compagnie de la femme taillée comme Isabella Rossellini.

Ce soir-là, elle m'appela pour me dire qu'elle avait hâte de me revoir, me demandant si je pouvais venir le vendredi.

Dolores suggéra d'amener un challah.
J'apportai du champagne rosé.

Je prends toujours ça. Ça paraît spontané, sympa, et c'est juste assez cher pour susciter des abandons de premier rendez-vous. J'ai mis encore plus de temps à me préparer cette fois-là, parce qu'étant censée arriver à dix heures du soir, il était fort peu probable que je reparte chez moi par le dernier métro de la Northern Line. Il me fallait donc une tenue que je puisse porter le jour suivant. Des vêtements faciles à ôter, une fois séduite. Avant de sonner à la porte, je passai un quart d'heure assise devant chez elle. À me répéter que j'étais une grande fille, et que je pouvais encore tout bonnement rentrer chez moi si je le voulais pour de vrai.

Le char ailé du temps passa en trombe et je me rendis compte que j'étais en retard. Je grimpai les marches, affichai une tête hardie et pleine d'expectative, sonnai et lui tendis la bouteille.

Le champagne lui donne la nausée.

2

Courir pour le plaisir

Saz Martin s'éveilla, se frotta les yeux et regretta son penchant pour le gin. Ou son manque de goût pour le tonic. Le soleil commençait à se faufiler à travers les stores en bambou : il devait être entre sept et huit heures du matin, seule période de la journée où son appartement HLM du cinquième étage recevait sa dose quotidienne de vitamine D. Elle roula hors du lit, repêcha son pantalon de survêtement et son soutien-gorge de sport dans la machine à laver où ils avaient inutilement atterri la veille au matin, se dépouilla du T-shirt qu'elle avait enfilé pour dormir puis le remit après avoir enfilé le reste. Ayant complété par chaussettes et chaussures de course, elle partit à petites foulées vers la porte d'entrée, ne s'arrêtant que pour verrouiller cette dernière à l'aide de trois clés distinctes. Dévalage de cinq volées de marches, puis plongée dans les délices du Camberwell matutinal. Ordures et jouets cassés faisaient de leur mieux pour contenir la verdure qui menaçait d'égayer les lieux. Ce n'est qu'après avoir couru durant trois bons kilomètres qu'elle consulta sa montre : 7 h 45 du matin.

« Pas mal, Martin, pas mal du tout. Quatre heures de danse et de réjouissances, dont deux de flirt pur et simple, avec retour à la maison toute seule sans même une vidéo pour te bercer, et maintenant ça, après seulement trois heures dans les bras de Morphée... Ta cheftaine scout serait fière de toi ! » Elle courut pendant une demi-heure, l'air froid du matin lui raclant douloureusement la trachée et fouaillant au plus profond de ses poumons. Elle avait pris vers le fleuve et ses évocations d'idylles bucoliques.

Quand les vapeurs de plomb se firent trop épaisses, Saz rebroussa chemin à hauteur de Vauxhall Bridge. Elle revint chez elle à temps, via la nouvelle boulangerie juive (deux beignets fourrés à la confiture), Safeway (café fraîchement moulu) puis les kiosques (*The Guardian, Time Out*)... à temps pour se repaître honteusement une deuxième fois des infos du matin.

Après un petit déjeuner où le beignet sucré se mêlait sur ses lèvres au sel de la sueur, elle se doucha, balança tous ses vêtements dans la machine à laver, mit en route ledit lave-linge ainsi que son répondeur, et débrancha le téléphone. Après quoi elle retourna se coucher.

À midi, lorsqu'elle se leva, le soleil avait disparu depuis longtemps, non seulement de son appartement, mais de Londres tout court, et le temps avait viré au crachin. Ayant découvert trois ans plus tôt que la seule bonne météo était celle qui précédait le départ du commun des mortels pour leur travail, elle avait entrepris de se lever aux aurores afin de courir sous de tels auspices. Un jogging pour le plaisir. Contrairement au téléphone. Elle détestait répondre au téléphone. Or, à en juger par l'air sévère de la diode clignotante, plusieurs messages l'attendaient.

« Sarah, c'est ta mère. Pourquoi tu ne décroches jamais quand on t'appelle, ma chérie ? Papa et moi espérions t'avoir à dîner un de ces soirs. Une petite fête pour ton anniversaire. As-tu du travail en ce moment ? Parce que si ce n'est pas le cas, nous serions ravis de te voir. Je ne sais pas vraiment quoi te prendre comme cadeau, Cassie vient de me dire qu'un peu d'argent t'arrangerait sans doute, mais je trouve ça très impersonnel!... En tout cas, ma chérie, tu pourrais peut-être me passer un coup de fil, euh, et... Cassie ne pense pas que tu fréquentes qui que ce soit en ce moment, mais enfin, si c'est le cas, tu voudrais peut-être que cette personne... enfin, qu'elle vienne? Si tu es avec quelqu'un, bien sûr... Bon, il faut que je raccroche. Prends soin de toi, et j'espère que tu n'as pas le rhume des foins comme Papa. Prends garde à toi, ma chérie. »

« Madame Martin, c'est Colleen, du bureau des Subventions aux créateurs d'entreprises. Il serait souhaitable que vous puissiez passer dans le courant de la semaine prochaine. Vos six premiers mois d'activité sont presque écoulés, et j'aimerais éplucher vos comptes trimestriels avec vous. Merci de rappeler afin de convenir d'un rendez-vous aussi vite que possible. »

« Saz, c'est Cassie. Maman n'a pas arrêté de me harceler à propos de ton anniversaire. Je ne sais pas ce que tu veux, j'ai dit qu'ils feraient aussi bien de te donner du fric, j'espère que ça te va. Écoute, ça te dirait de garder les enfants mercredi soir? Tony veut sortir se saouler et me violer au retour, tu ne voudrais quand même pas nous priver d'extases aussi légitimes et aussi hétéros? Dis-moi si tu peux, mais vite, parce qu'autrement je vais devoir payer quelqu'un, ce qui serait pénible et probablement mesquin, et dommage aussi, parce que tu n'aurais qu'un machin nul et pas cher comme cadeau d'anniversaire, au lieu d'un truc juste nul! Ciao! »

« Saz, c'est Claire, est-ce que j'étais bourrée hier soir, ou je me suis ridiculisée sans avoir bu une goutte? Je préfère la première version, si ça ne te dérange pas. Si on faisait un truc civilisé demain, genre aller se promener dans le parc et prendre un thé, par exemple ? Ne t'inquiète pas, c'est moi qui régale, comme ça je pourrai te raconter les incroyables folies que j'ai faites de mon corps la nuit dernière. Ça t'en bouche un coin, hein ? »

« C'est encore Cassie. Maman veut savoir si tu couches avec quelqu'un. Tony aussi. Moi, non. Onze mois de célibat, je trouve ça formidable, et très sain. Tout ce que je veux savoir, c'est si tu acceptes de jouer les nounous. Appelle-moi vite, mes reins n'en peuvent plus du suspense. »

« Bonjour, mademoiselle Martin, euh... vous ne me connaissez pas, mais un ami m'a donné votre numéro, enfin, une connaissance en fait, et voyez-vous, le problème, c'est que... Bon sang, je déteste les répondeurs... Donc si je vous appelle, en réalité, c'est pour voir si vous pouvez m'aider, je veux dire... j'aimerais m'assurer vos services, enfin si vous effectuez toujours le genre de mission que m'a décrit cet ami... Jusqu'à aujourd'hui, je n'ai jamais engagé personne pour... pour espionner qui que ce soit, bon, ce n'est pas vraiment espionner, disons plutôt pour enquêter... bon, vous pourriez peut-être me rappeler... Je m'appelle John Clark, et, ah oui... je vous demande d'être discrète... c'est mon numéro de bureau. »

Il continuait de blablater quelque temps, laissait ses coordonnées, et s'excusait une nouvelle fois. Saz écrivit le numéro sur sa main tandis que le répondeur bipait quatre fois, signalant la fin des enregistrements. Elle se prépara un généreux café.

« Merci, mon Dieu, d'avoir inventé la bande magnétique. »

Elle composa ensuite le numéro de sa sœur.

18

« Cassie, c'est moi... Non, je viens juste de me réveiller... Non, je n'étais pas en train de forniquer, j'ai renoncé, souviens-toi. Je suis sortie danser et boire un verre. J'ai dormi trois heures, j'en ai passé une à courir, et j'en ai redormi trois. Comme je me sens toute pimpante, je suis prête à me porter volontaire pour une soirée de torture sous les doigts gluants de tes trois marmots... Oui, je me disais aussi que ça te réjouirait. Écoute, est-ce que tu peux confirmer à Maman que je préfère largement du fric en liquide à tout ce qu'elle pourra imaginer ? Ça ravira ma référente au Bureau des créateurs d'entreprises – je lui raconterai que ça vient d'une vieille dame qui m'a engagée pour trouver son fils perdu de vue depuis longtemps... Enfin, peu importe, de toute façon j'ai besoin de fric, et j'ai suffisamment de Tupperware et de linge de maison pour tenir des millénaires en banlieue, alors célibataire, lesbienne et au centre-ville, je te dis pas ! Oui, je répète, célibataire, je t'assure que tu as bien entendu... Ah au fait, je crois que j'ai trouvé un client... Sais pas encore, faut que je le rappelle... Oui, c'est un homme... Mais bien sûr que je n'accepterais pas si c'était un ex-mari ! Écoute, mon lapin, je dois partir et il faut que je rappelle ce type. Quand tu auras Madame notre mère, ne lui dis pas que j'ai du travail. Je pense qu'elle me préfère au chômage et à découvert plutôt qu'au turbin et courant des risques... Non, je ne risque rien, mais c'est comme ça qu'elle voit les choses... D'acc, embrasse Tony de ma part et dis-lui de ne pas s'en faire. Mes beaufs, je les préfère chauves. Ciao. »

Saz raccrocha et composa le numéro de Claire.

— Cabinet Smart, Holland et Swift, avoués à la cour, que puis-je pour vous ?

Songer que Claire Holland, ancienne camarade de classe, blonde affriolante, soûlographe patentée et sa première amie à être sortie du placard, était devenue mature et avocate (une vraie, avec réceptionniste, secrétaire et tout) ne laissait jamais d'étonner Saz.

— Pourrais-je parler à Mme Holland, je vous prie ?

— Désolée, madame, Mme Holland est en réunion actuellement. Puis-je prendre un message ?

— Non, merci, simplement signalez-lui que Saz a téléphoné et que je vais rappeler. Demandez-lui si elle est remise de sa migraine.

— Oh, non, elle n'a plus mal à la tête. Elle a vomi juste après sa première réunion. Après cela elle a commandé un sandwich bacon-crudités, et maintenant, elle se sent en pleine forme. Je lui ferai part de votre appel. Au revoir, madame Martin.

Saz composa le numéro inscrit sur sa main. La voix à l'autre bout du fil l'informa qu'on la mettait en attente et lui demanda de bien vouloir patienter. Saz n'y voyait aucun inconvénient ; ce qui l'ennuyait, c'était d'avoir pour cela à supporter cette vieille rengaine de *Greensleeves*.

— Pourriez-vous me passer John Clark ?

— John n'est pas là.

— Pourriez-vous prendre un message ?

— Non.

— Pardon ?

— J'ai dit « non ». Je ne peux pas prendre de message, parce que John n'est pas là. Il ne travaille plus ici, il a démissionné.

— Quand ça ?

— Il doit y avoir une demi-heure. Départ volontaire, comme on dit. Ça faisait un an qu'ils lui proposaient, alors il y a quinze jours, il a décidé d'accepter, sauf qu'il a oublié de m'en parler jusqu'à ce matin. Je lui ai dit qu'en ce qui me concernait il pouvait aussi bien prendre ses affaires tout de suite, alors c'est ce qu'il a fait. Maintenant, ma petite, écoutez-moi : j'ai assez de boulot avec mon directeur adjoint qui vient de me lâcher, sans en plus passer mon heure de déjeuner à répondre à des questions idiotes. Si vous êtes sa petite amie, eh bien, vous m'en voyez fort désolé, croyez-le, mais pourquoi ne pas essayer d'appeler chez lui? Je suis sûr que Mme Clark sera ravie d'avoir de vos nouvelles.

— Ah… Sa femme?

— Oui, petite, sa femme. Vous n'êtes pas la première à appeler aujourd'hui. On dirait bien que toutes les oiselles reviennent au nid. Pas étonnant qu'il ait eu l'air aussi inquiet. Maintenant, chérie, on dégage, j'ai du travail.

— Juste une dernière chose. Où est-ce que j'appelle, exactement?

— Où? Alors là, voilà bien une question idiote entre toutes. Vous êtes chez British Telecom. Il vous faut un autre renseignement, ou est-ce que je peux me remettre à des choses utiles?

— Non, c'est déjà beaucoup, merci… À moins que vous n'ayez le numéro personnel de M. Clark?

— J'ai tous les numéros. Vous aussi, chez vous. Vous êtes aux télécoms, n'oubliez pas. Tous les M. Clark de Londres. L'annuaire en contient environ trois mille. À mon avis, vous feriez bien de vous y mettre tout de suite.

Il raccrocha en s'esclaffant.

Saz se versa de nouveau du café, alluma la télé et tomba sur l'émission d'Helen Daniels. Elle n'était pas la seule à avoir l'air perplexe. La présentatrice aussi.

3

Dîner

Je lui tendis le champagne, qu'avaient tiédi mes mains fébriles, et elle me fit signe d'entrer. Ni bise, ni la plus petite étreinte. Avais-je tout mal interprété ? S'agissait-il juste de passer boire le café à 22 h 15 ? Et si oui, quand pourrais-je raisonnablement m'éclipser pour attraper le dernier métro ?

Le salon m'assaillit en un mélange de couleurs et de sensations criardes : kilims, huile de géranium dans le brûle-parfum, Liza Minelli sur la platine, plantes vertes, et bouquins. Des livres partout. Deux rangées sur les étagères, d'autres sur et sous les tables, couvrant la cheminée, et empilés sur le sol au petit bonheur la chance. Elle n'avait visiblement jamais entendu parler de la classification décimale de Dewey. L'endroit semblait encore moins ordonné que le journal de Dolores, ce qui n'est pas peu dire.

J'attendis qu'elle se lance.

Je suis assise devant la femme taillée comme Isabella Rossellini, à présent. Mais je n'attends plus que ce soit elle qui parle.

« Mon neveu a du mal à comprendre pourquoi ma maman ne m'oblige pas à ranger ma chambre. »

Elle désenfouit plusieurs coussins coincés sous une pile de journaux (*The Guardian*, *The Independent*, et

New Moon*) et me dit de m'asseoir. Elle alla mettre le champagne au frigo et me tendit du vin blanc. Frappé. Offrit des amuse-gueule : noix diverses et crackers japonais au riz soufflé. Parla travail. M'expliqua que son patron quittait la boîte, que ça la rendait nerveuse, qu'elle craignait de perdre son boulot. Les mensualités de crédit de son appar-tement devaient être élevées. C'était grand, voire spacieux, si l'on omettait les livres. Trois portes menaient hors de la pièce dans laquelle nous nous trouvions. L'une vers la vaste cuisine rouge et blanche aux sol et murs carrelés. Frigo (avec machine à glaçons) et cuisinière (avec gril à hauteur des yeux), tous deux immenses et dernier cri. Quatre étagères de livres de cuisine, certains en japonais et en italien. Un assortiment de vaisselle étincelante. Des verres resplendissants. Tout en six exemplaires. Une ménagère intacte, rien de cassé. Le micro-ondes, le mixer et le presse-agrumes brillaient de tous leurs feux, illuminés par des spots dissimulés dans les profondeurs du plafond. Je m'efforçai de ne pas paraître trop impressionnée, trop pauvre. Comme si j'avais moi aussi les moyens de posséder une cuisine tout droit sortie des pages de la presse spécialisée. Comme si j'avais pu m'offrir ne serait-ce qu'une seule de ces revues.

« J'adore les grandes cuisines, lui dis-je. Ça doit certainement être agréable de préparer à manger ici, avec tous ces gadgets, toute cette place. »

Elle avait hérité de l'appartement tel quel, mobilier compris, à la mort de sa tante. Pas un sou à débourser. Et elle ne cuisine jamais. La seule chose qu'elle avait ajoutée, c'étaient les livres.

------

* Magazine américain édité par une équipe d'adultes et d'adolescentes, dont l'objectif est d'aider les jeunes filles à s'affirmer, et qui ne comporte aucune publicité. Il a connu un succès fulgurant depuis son lancement, au point de déboucher sur la création d'une maison d'édition, puis d'une série TV. (N.d.T.)

Qui sont maintenant alignés sur les étagères chez nous. En ordre alphabétique.

On échangea des plaisanteries durant dix longues, dix pénibles minutes. Le travail, la météo, et les Nations Unies. Au moment précis où je commençais à réfléchir au trajet à prendre pour rentrer, et au moyen d'éluder les questions de Dolores, elle me saisit les cheveux et m'attira vers elle.

Elle dit : « Embrasse-moi. »

Alors je m'exécutai.

Au début, nous fûmes tendres. De doux baisers sur ses lèvres charnues. De suaves baisers sur ma bouche douce. Elle me tira, me suçant la lèvre inférieure, la tétant comme s'il s'agissait de mon sein. Suçotant ma bouche comme si je m'en servais pour alimenter et non pour manger. Sur mes dents, sa langue avait un goût de vin blanc frais.

Elle ouvrit la porte menant à la chambre. Tandis que j'embrassais du regard les placards – au nombre de dix au moins –, les miroirs – un sur chaque mur –, ainsi que le couvre-lit – indien, rouge et violet, avec incrustations de fils d'or et d'argent –, elle ôtait ses vêtements.

Je la retrouvai entre les draps noirs. Commençai à me déshabiller.

« Non, pas si vite, dit-elle. Lentement. Fais-le pour moi. »

Typique. Saleté de public. Ils croient toujours qu'un acteur, ça veut se donner en spectacle.

Ils ne se trompent pas.

Je délaçai mes bottines, ôtant posément les lacets de leurs trous en m'efforçant de n'avoir pas l'air plus jungienne que nécessaire. Je me coulai hors de ma veste, que je suspendis à l'arrière de la porte. Entre deux déshabillés en soie, l'un rouge, l'autre vert émeraude. Lequel mettrais-je au matin ? Je portais une robe noire descendant jusqu'aux chevilles : corsage ajusté au buste, le reste ample à partir de la taille. Je défis les boutons et la laissai tomber par terre sans la ramasser. Juste au-dessus de sa tête, il y avait un miroir, où elle était étendue sur le lit. Je l'observai en train de m'observer. Et me contemplai contemplée. Je vis mon corps. Des collants noirs tout simples, un body de dentelle assortie. Des mamelons roses, que l'on devinait à peine sous la noirceur. Alice prise dans le miroir, je voyais mon reflet en ne croyant qu'à demi au cliché que je présentais. Ce corps qu'elle brûlait de toucher. Que je touchai. Ma main aguicheuse sur la dentelle. La naissance blanche et pleine des seins. Mon corps. D'un seul mouvement, j'ôtai caraco et collants et me campai nue devant elle, mon pubis en flamboyant témoignage de la véracité de ma rousseur.

Elle hocha la tête et sourit. « Très bien. »

J'éclatai de rire. « Très répété. »

Je m'assis à côté d'elle sur le lit, entrepris de suivre du doigt la courbe de son cou. Qui chutait jusqu'à ses seins.

Nous avons pris les choses avec lenteur, récrivant chacune les passages que nous avions rédigés pour cette nuit. Retravaillant nos deux récits de ces mêmes circonstances pour n'en faire qu'une version, homogène celle-là. Des bruits mélangés comme du lait anglais. Pasteurisés. Propres. Nos scénarios n'avaient pas cette blancheur lactée, et auraient pu aisément cailler. Mais durant un instant, ils ne faisaient plus qu'un.

Et ils ne font plus qu'un, maintenant. Parce qu'à présent elle ne me contredit plus.

Je tirai les draps en arrière et me penchai avec douceur vers son corps. Je m'étendis sur elle. Nous respirions en rythme. Elle inspirait, j'expirais. J'inspirais, elle expirait. Mes mamelons encore tendres trouvèrent la dureté de ses seins dressés. Ses hanches, plus étroites, tenaient entre les miennes. Des hanches sur lesquelles me percer, sainte Sébastienne, des hanches sur lesquelles me percer. Mes orteils atteignaient ses chevilles, ses jambes plus longues laissaient pénétrer les miennes. De mes mains, je lui parcourus le flanc ; elle se mit à me caresser le dos. Le caresser, le griffer. À malaxer ma chair souple, docile. La pétrir de désir. Trouvant mes cheveux, ses mains tirèrent, si brusquement que je me cabrai en arrière, cou et corps, mon os pubien poussant contre le sien. Elle tira plus fort, m'enfonçant plus durement dans sa chair. Avec ses mains dans mes cheveux, je devenais un levier par lequel la faire jouir. Et je me vis dans le miroir au-dessus de son lit, me mouvant au-dessus d'elle, de plus en plus vite. Vis la couronne de sa tête, ses mains tordant mes cheveux torsadés, vis ma gorge blanche si vulnérable, si exposée ; mes seins jaillissant en avant comme ils s'écrasaient sur les siens. Je me vis, ressac s'écrasant sur sa rive. Elle jouit en un frisson violent et me rejeta loin d'elle. Je me reposai, le temps que les secousses la parcourent et qu'elle revienne à elle. Se rétablisse. Reprenne pied. Après être venue. Quelques minutes plus tard, elle ouvrait les yeux et me souriait. Un sourire langoureux, comblé, signe d'un plan bien exécuté.

Ce sourire, je le connais bien. C'est celui que je m'adresse à moi-même ces derniers temps. Parfois.

Je lui demandai si elle avait joui.

— C'est toi l'actrice, ma chérie, pas moi. Bien sûr que j'ai joui, *un*, *dos*, *tres*. Tu as cru quoi ? Que je jouais ?

Comme je ne savais pas quoi répondre, je l'ai embrassée. Bouche. Seins. Nombril. Je m'apprêtais à descendre plus bas, mais elle m'a relevée vers elle.

— Pas ce soir, ma douce. Je te promets de te donner plein d'occasions de t'amuser avec moi dans l'avenir, mais aujourd'hui c'est notre premier soir, alors chacune son tour. On fait ça de façon équitable. Cinquante-cinquante.

Elle caressa mes seins et descendit rapidement vers mon ventre, puis, sans ralentir, me saisit la nuque ; d'une main, elle tirait fermement, violemment, et me faisait l'amour de l'autre. Vite. Dur. Et profond. Si profond que j'en eus le souffle totalement coupé. Entre deux râles, je m'efforçai de parler.

— Tu ne... ne crois... aaaah... crois donc pas aux... ooooh... oh bon sang... aux pré... préliminaires ?... Oh, ah !

— Tais-toi.

Elle m'embrassa, m'enfonçant sa langue au fond de la bouche. J'étais allongée sur le dos, les jambes écartées, un bras coincé sous moi, le corps toujours arqué en arrière là où elle me maintenait, tandis que sa langue plantée repoussait la mienne, sa main tout entière sondant mes profondeurs. Je sentis monter mon orgasme ; elle aussi, et laissant ses autres doigts en moi, elle trouva mon clitoris de son pouce. Sa main en moi, son pouce dehors, et moi tenaillée entre les deux, parcourue de secousses frénétiques, circulaires ; je distinguai le long tunnel sombre, me sentis propulsée peu à peu vers le mur blanc du fond. Me vis près de m'y écraser la tête la première, et juste au moment où, fondant intérieurement, du bout des doigts et des orteils jusqu'au centre de mon sexe, juste au moment où je heurtais la paroi, je sentis le sang se précipiter en ce centre comme la mer reculant de la plage, reculant et reculant à des kilomètres afin de former une vague immense, un tsunami qui quelques instants plus tard viendra s'écraser sur le rivage.

La vague s'écrasa. Je me noyai. Elle se lécha les doigts et sourit.

— Miam. Salé. Pas complètement casher, mais c'était tout de même un bon shabbat.

Elle s'endormit et je restai allongée, m'émerveillant de la capacité qu'ont certaines personnes à donner tout d'elles-mêmes pour ensuite s'abandonner au sommeil. De mon côté, après l'amour, je mets des heures à me détendre. C'est pour ça que j'aime m'envoyer en l'air le matin, ça me met en forme pour la journée.

Je la contemple à présent. C'est l'aube, et elle est étendue là, silencieuse, tandis que je me caresse.

Je contemple son corps muet tout en me faisant lentement descendre au fond du tunnel.

4

Muscu cérébrale

Deux jours après son anniversaire, Saz Martin se retrouvait assise à une table face à John Clark. Ce dernier avait déjà rappelé trois fois, apparemment, mais la mère de Saz s'était montrée assez impersonnelle pour offrir de l'argent à sa fille comme cadeau d'anniversaire, et Saz pour le consacrer à faire réparer son répondeur. De surutilisé, l'appareil était devenu inutilisable. Elle avait raté pas mal d'appels au cours des deux ou trois semaines précédentes.

John Clark avait appelé, d'une voix qui semblait lasse et tourmentée, et Saz avait convenu de le rencontrer dans un café proche de Leicester Square. Elle s'adossa à la banquette dure qu'ils partageaient avec les autres clients de cette fin d'après-midi, étrangers comme eux aux rythmes du bureau.

La quarantaine, le visage gris, et visiblement mal à l'aise, John Clark souleva son verre d'eau glacée et le reposa pour la troisième fois sans rien boire.

— Donc, ça fait quatre semaines. C'est tout à fait inhabituel entre nous de ne pas se voir durant une aussi longue période, comprenez-vous. Elle n'a jamais manqué de me contacter par le passé. Et ça me fait bizarre. Du coup, maintenant, eh bien, je ne sais pas comment réagir, et je me dis... Bon, je sais qu'elle a des ennuis. Elle a besoin d'aide mais je ne sais pas comment m'y prendre. Alors quand ce gars du bureau a mentionné quelqu'un qu'il connaissait... quelqu'un... eh bien, une femme dans votre genre... Je veux dire, quelqu'un qui fait ce que vous faites... Enfin, je me suis dit que vous pouviez peut-être m'aider...

Saz termina son expresso et fit signe qu'on lui en amène un autre. Elle détourna le regard du comptoir, fixa le crachin qui tombait par-delà la fenêtre, puis secoua la tête en baissant les yeux vers le bloc-notes posé devant elle.

— Bon, voyons si j'ai bien tout compris, monsieur Clark. Vous me dites que vous avez une amie très chère, une femme pour laquelle vous sacrifieriez votre vie, qui est la seule personne qui sache vous comprendre. Et vice versa. Exact, jusque-là ?

John Clark hocha la tête et se mit à jouer avec la glace flottant à la surface de son verre ; Saz poursuivit :

— Cette femme vous a demandé d'accepter les propositions de départ volontaire de vos employeurs, qui vous donnaient droit à une prime de plusieurs milliers de livres. Seize mille, pour être précise, que vous lui avez ensuite presque entièrement... hum... prêtées, afin de la tirer d'un embarras financier duquel elle refusait de vous dire un traître mot. Embarras financier dont vous ignoriez tout avant le soir où elle a lancé cette idée. Et vous avez laissé l'argent – en liquide – à son intention dans un casier de consigne de la gare de Charing Cross. Et c'était il y a six semaines. C'est bien ça ?

— Pas exactement. Ça faisait des siècles qu'ils nous harcelaient pour qu'on se décide sur cette proposition de départ. J'en avais discuté en long et en large avec ma femme et elle trouvait que c'était sans doute la meilleure solution – ça permettait de rembourser la quasi-totalité du crédit, et il en resterait assez pour voir venir un bon moment. Et aussi pour donner aux enfants – il y a la fac à envisager, et toutes ces choses…

— Oui. Mais pour en revenir à votre amie…

— Je vous répète qu'elle disait avoir des ennuis. Selon elle, il valait mieux pour tous les deux que je ne sache rien à ce sujet.

— Attendez, vous laissez de côté l'essentiel. Cette «amie très chère» est quelqu'un chez qui vous n'avez jamais mis les pieds, dont vous ignorez le métier et jusqu'au nom, avec laquelle vous avez simplement dîné tous les premiers et troisièmes vendredis du mois au cours des trois dernières années. Vous n'avez jamais possédé ses coordonnées téléphoniques, elle n'a jamais eu plus de trois minutes de retard et n'a annulé que trois dîners en tout et pour tout durant cette période.

— Oui. Je ne vois pas ce que vous trouvez de si bizarre à ça…

— Non, non, je vous en prie, laissez-moi finir. Et pour couronner le tout, vous n'avez jamais couché avec elle. Quand même, monsieur Clark, pardonnez-moi, mais je trouve cette histoire un peu tirée par les cheveux !

— Je sais bien. Vous avez raison. Et c'est la raison pour laquelle je ne pouvais pas aller voir la police, mademoiselle Martin. Mais je vous assure que…

— Madame, corrigea automatiquement Saz.

— Désolé. Madame. C'est la vérité, et je sais qu'il y a un problème. Je le sens. Je la connais très bien. Elle ne me mentirait pas. On ne parlait jamais de certaines choses – son travail, nos partenaires amoureux, mon mariage, l'enfance… Pas en détail, du moins. Elle disait qu'ainsi on ne serait jamais tentés de se mentir. On discutait peinture et musique, littérature et philosophie. Cette relation a duré trois ans. On se comprenait. On avait l'habitude d'évoquer nos impressions. Et je sens que quelque chose ne va pas.

Saz regarda John Clark. Le quadragénaire ordinaire dans son costume de cadre gris : la sorte d'homme qu'elle avait croisé et oublié dans la seconde un nombre incalculable de fois. Le style à s'éprendre d'une intérimaire ou à flirter avec la baby-sitter. À avoir un crédit coquet, et deux ou trois enfants ados. Ainsi qu'une épouse bien disposée, mais frustrée en secret. Disposant de deux semaines de vacances par an – des vacances planifiées et réglées dès le mois de février – et doté de trop peu d'imagination pour fabriquer de toutes pièces une histoire pareille. Non, pas à vingt-cinq livres de l'heure côté Saz. Et il n'était pas non plus du genre à mentir sur les choses importantes. Ni du reste à mentir tout court, probablement.

— Très bien, monsieur Clark, je vous crois. Je suppose que c'est la meilleure option. Mais si je dois me mettre en quête de votre amie, il faut que j'en sache beaucoup plus. Vous n'avez donc pas la moindre idée de son nom ? Parce que bon, vous vous adressiez à elle comment ? Vous lui disiez « Toi » ?

— Non. Après notre troisième dîner, elle a eu une idée. Je devais m'adresser à elle comme si elle portait le nom du mois. Avril. Mai, Juin...

— Vous n'en aviez pas assez, en Décembre ?

— Eh bien, on recommençait à zéro le mois d'après...

— Oui, bon. Très bien, pas de nom. Où vous êtes-vous rencontrés ?

— Dans une librairie. On feuilletait chacun un livre. Je lui ai proposé de venir prendre un café avec moi. Elle était extrêmement chargée, énormément de sacs. J'ai supposé qu'elle venait de rentrer de vacances.

— Lui avez-vous demandé où elle les avait passées ?

— Non.

— Mais elle a accepté, pour le café ?

— Oui, et comme nous nous sommes bien entendus, je lui ai proposé de sortir dîner ensemble. Pas plus sorcier que ça.

— Ouais, je vois. Et les restaurants ? Sous quel nom était réservée la table ?

— Le mien, et comme c'était moi aussi qui payais, je ne peux pas vous dire ce qu'elle utilisait… utilise… comme cartes de crédit, ni même si elle en a. Elle paie toujours en liquide.

Saz entama son deuxième expresso et retourna délibérément son bloc.

— Bon, très bien, monsieur Clark. Voici une question à laquelle vous serez en mesure de répondre. Donnez-moi sa description physique complète. Je veux savoir tout : sa taille, son poids, jusqu'à la plus petite cicatrice ou marque sur la peau, grande ou petite. Au boulot. Et que ça chauffe.

John Clark fronça les sourcils, ferma les yeux et se lança.

— Elle est de taille moyenne, dans les un mètre soixante-cinq, soixante-dix, pas plus. Question poids, moyenne aussi, dans les cinquante-cinq, soixante kilos. Elle ne porte pas de talons hauts. Elle n'en a pas besoin, ses jambes sont superbes. Le reste de son physique est avenant, je crois qu'elle va dans un club de sport, enfin ce qui est sûr, c'est qu'elle fait de l'exercice tous les jours, mais ce qu'elle a de mieux, ce sont ses jambes. Elles sont très longues, très élancées. De jolies lèvres, elle ne se maquille presque pas, à peine une touche de rouge ou de mascara. Sa couleur préférée est l'orange. Elle a les cheveux blonds, blond pâle, coiffés au carré. Courts. Enfin, assez courts. Ça dépend. Quand elle est heureuse, elle va se les faire couper, mais si elle traverse une sale période où elle ne se sent pas particulièrement bien dans sa peau, elle les laisse pousser. Elle dit que ça lui fournit quelque chose derrière lequel se camoufler. Pour recouvrir ses yeux. Des yeux extraordinaires. D'une couleur parfois difficile à identifier, tellement ils sont sombres, comme si tout le blanc était mangé par la pupille, mais à la lumière, on les distingue clairement, et ils sont marron… Marron très foncé. Elle est belle, madame Martin, et c'est mon amie… Je vous en prie, aidez-moi.

John Clark leva la tête vers Saz.

Elle tendit le bras au-dessus de la table pour lui prendre la main.

— Écoutez, je sais que vous êtes contrarié, effrayé, et que vous ne supportez pas l'idée que le pire ait pu arriver. Je sais que vous ne parvenez pas à éviter d'y songer dès que vous vous laissez aller à penser… Et que vous êtes en train de passer un sale quart d'heure en ce moment même. Mais il faut tenir bon, et rester cohérent. Bien, vous avez lâché votre boulot il y a deux semaines. Vous avez une prime de départ de seize mille livres, un crédit immobilier, une épouse et deux enfants à charge – votre femme ignore probablement que vous avez quitté votre travail de façon volontaire, et pire encore, que vous avez confié les deux tiers de votre prime sous forme d'un soi-disant prêt à une femme qui a aujourd'hui disparu. Je me trompe ?

John Clark secoua la tête.

— Bien, et étant donné qu'il faut ajouter à cela la somme que vous devrez me payer, reprenons. Je dois faire appel à votre mémoire. La fameuse fois où elle vous a fait faux bond, c'était pour quelle raison ?

— Elle s'était blessée. Une cheville cassée.

— Excellent. Nous pourrons vérifier auprès des hôpitaux. Quand était-ce ?

— Il y a trois ans, pour notre quinzième dîner.

— Merveilleux. Je vais pouvoir passer les neuf prochains mois à vérifier des archives d'hôpital. Quelque chose d'autre, tant qu'on y est ? Vous lui connaissez des allergies ? Un traitement quelconque ?

— Je ne sais pas. Effectivement, il y a environ

deux ans, elle a vu un homéopathe durant un certain temps. C'était devenu très difficile de dîner dehors. Elle ne pouvait absorber ni alcool, ni nourriture épicée, ni même du café. C'était pour des migraines, je crois. Et elle avait le rhume des foins… parfois.

— Parfois?

— Eh bien, une année, nous sommes allés à des concerts en plein air, j'avais organisé ça, un petit cadeau un peu spécial. Vous voyez ce que je veux dire : Kenwood, Alexandra Palace, elle aimait tout particulièrement le jazz – et moi aussi. Cette musique est en quelque sorte l'une de mes marottes, madame Martin, voyez-vous, je…

— Quid de ce rhume des foins, monsieur Clark?

— Ah oui, eh bien, elle a eu une crise. Une fois. Elle a passé deux ou trois heures à éternuer sans arrêt ou presque. Nous avons été forcés de partir… J'ai proposé de la ramener chez elle, mais elle n'a pas accepté. Elle m'a obligé à la déposer au métro.

— Quelle station, vous vous souvenez?

— Pas au moment où je vous parle, mais je me rappelle très bien que c'était dans le nord de Londres… probablement la Northern Line, nous étions à Kenwood lorsqu'elle s'est mise à éternuer, dans mon souvenir.

— Et c'était…?

— Pas cet été, celui d'avant.

— Bravo, monsieur Clark, la précision est importante. À présent, voici ce que j'attends de vous. Rentrez chez vous. Efforcez-vous de vous montrer aimable envers votre épouse. Ne lui parlez pas de Juin, ou Juillet, enfin quel que soit son nom… Votre femme ne comprendrait absolument pas et serait persuadée que vous aviez une liaison. À la réflexion, c'est probablement ce qu'elle se dira à mon sujet. Passez en revue vos agendas, je veux l'heure, le jour et le lieu du moindre rendez-vous que vous ayez jamais eu avec elle. Êtes-vous en mesure de le faire ? Vous conservez vos agendas ?

— Mais bien entendu !

Saz considéra le costume gris de John Clark et sourit.

— Je m'en doutais, je ne sais pas pourquoi. Dès que vous aurez dressé une liste exhaustive de ces renseignements, faites-le-moi savoir. Et soyez plus précis quant à son apparence physique, quand vous écrirez. Il se peut que l'inspiration vous revienne, pour peu que vous vous laissiez aller au lyrisme. Essayez de laisser parler votre cœur.

— Mais ce n'était pas une histoire d'amour !

— Eh bien, votre intellect, dans ce cas. Réfléchissez, mais clairement. Voyez quelle vision elle vous évoque. Je cherche à savoir quelle impression elle désirait produire sur les autres. Si on veut deviner qui elle était, il faut savoir ce qu'elle pensait… pense, désolée. Essayez de vous rappeler si elle a vous cité des noms de magasins, et où elle se fait couper les cheveux, peut-être, ou encore si vous avez vu des sacs de courses d'une boutique en particulier. Je veux tout connaître : le moindre serveur avec lequel elle aurait pu être en particulièrement bons termes, les plats qu'elle refusait de manger… Ce pourrait être utile de savoir si elle avait ses idiosyncrasies côté nourriture, pour identifier une confession religieuse, ou quelque chose de cet ordre-là… C'est votre amie, et bon nombre de détails vous paraîtront sans importance, mais pas à moi, d'accord ? J'ai besoin d'apprendre tout ce que vous savez d'elle. Et même au-delà. Son nom, pour commencer. Rappelez-moi d'ici quelques jours. Entendu ?

John Clark hocha la tête et Saz se dépêcha de sortir du café, pénétrant le gris crachin londonien d'un pas alerte qui démentait la lourdeur de son crâne. Une fois hors de vue de son client, elle ralentit et, soupesant ce qui lui occupait les neurones, emboîta le pas au flot piéton qui entrait dans les profondeurs du métro.

Quant à moi, cher John Clark, je m'arroge les tâches intéressantes. Je vais vérifier les salles de sport... et les morgues...

« Auriez-vous un cadavre avec des yeux marron époustouflants ?

— Non, mais tout noirs oui. Ceux qui se sont fait rétamer à coups de poing ! »

C'est ça, Saz, tu es confrontée à l'impossible absolu, et ça te fait rigoler ! Non, Maman, tout va très bien pour moi. Mon travail n'est absolument pas dangereux. Bizarre, mais pas dangereux. Du moins pas encore... Et toi, Septembre ! La consigne automatique de la gare de Charing Cross, et sans même lui dire ton prénom ! Tu te crois dans un film noir ? Jusqu'où iras-tu dans le cliché ?

5

Milch und Fleisch

Durant un trimestre, on se vit au moins trois fois par semaine. Trois nuits. Qui s'étiraient en autant d'après-midi, jusqu'à la suivante. Durant trois mois, on se vit trois fois par semaine, qui devenaient sept nuits. Dolores fit tout pour la prendre en grippe, mais n'y parvint pas. La femme taillée comme Isabella Rossellini était calme et obligeante, ordonnée et polie. Dans ma maison. Sur ses terres à elle, c'était une bruyante, une orgasmique, une bordélique. J'étais bruyante et orgasmique partout : à l'étage, au rez-de-chaussée, et dans les appartements de ma dame (là tout particulièrement); mais nulle part, jamais, je n'étais bordélique.

Vers la fin du troisième mois, j'eus beaucoup de boulot, et durant trois semaines, on ne se vit qu'au lit. Le mien ou le sien. Je rentrais me coucher vers les deux heures du matin, on faisait l'amour, on dormait, et elle se levait à huit heures pour aller travailler. On était fatiguées, irritables, et affamées. Il nous en fallait toujours plus l'une de l'autre. On se dévorait mutuellement.

On était en novembre. Je venais à peine d'achever une série de représentations tardives particulièrement éprouvantes (des étudiants pénibles, énormément de

41

garçons, et d'alcool), quand elle arriva pour me récupérer. Je montai dans la vieille voiture de sport rouge déglinguée, et vis à l'arrière un sac-poubelle plein.

— C'est quoi, ce truc ? Tu n'arrivais plus à trouver de boîte à ordures dans le nord de Londres ?

— Non, répondit-elle, ce sont tes vêtements. On part faire un tour ensemble quelques jours.

Enchantée que quelqu'un se montre enfin aussi romantique que je l'avais rêvé de chacune de mes amantes, je m'endormis et sommeillai à côté d'elle tandis qu'elle me menait à travers la nuit. On arriva à sept heures du matin. Un « gîte pour femmes » dans le Yorkshire. Deux en haut, deux en bas, et le bas était tout à nous. La maîtresse des lieux, qui avait plutôt des airs de maman moyenne que de gouine du Nord, nous fit les honneurs de l'« entrée indépendante » qui menait au rez-de-chaussée de sa maison. Un salon donnant par-derrière sur un coin-cuisine. Une salle de bains ouvrant de même sur la chambre. Salon et salle de bains étaient tous deux gris, humides et glaciaux. Mais nous n'étions nullement décidées à rester le cul sur une chaise, pas plus qu'on ne désirait effacer le parfum de l'autre sur notre corps. Malgré ça, il faisait froid, et le Yorkshire n'est pas le lieu de villégiature idéal en plein mois de novembre en l'absence de chauffage. Ou de partenaire. Dans le coin de notre cuisine privative rien qu'à nous, le frigo regorgeait de viande froide et d'assortiments végétariens : pâtes fraîches, fromage et pâté de soja. Lait et jus d'orange frais. Dinde fumée au miel. Viande et lait jouaient des coudes sur une même étagère. Mais j'ignorais que ça avait de l'importance, à l'époque. Un saladier empli de miracles hivernaux : mangue, ananas. Du pain frais. Nous sommes restées cinq jours, et il y eut chaque matin du pain et du lait frais. Nous décidâmes que la maîtresse de maison était soit une sorcière, soit le Christ. Mais j'affirmai qu'elle ne pouvait être le Christ, parce que bien qu'il y eût quantité de pain, on ne voyait pas la queue d'un poisson. La femme taillée comme Isabella Rossellini ignorait de quoi je voulais parler.

Des portes-fenêtres, assez givrées pour avoir migré aussi haut dans le nord, donnaient sur une lande matinale, sinistre et bleutée dans la demi-lueur du jour naissant. La maîtresse des lieux nous laissa, et nous fîmes l'amour sur le sol de la cuisine, un lino froid remontant aux années soixante pour une baise brûlante de fin de siècle. Épuisée du trajet en voiture et de la suite, elle s'assoupit nue dans mes bras. Je traînai à demi son corps jusqu'au lit et on dormit toute la matinée. On passa le restant de la journée au lit. Les rideaux demeurèrent ouverts pour qu'on puisse s'imprégner de la lande. On resta ensemble pour garder notre désir pour nous. Le vent jouait avec mes émotions et je l'appelai Cathy tout le reste de la semaine. Elle, parvenue à la moitié de *Jane Eyre*, me donna du Helen. Ayant lu trois fois le roman avant mes quatorze ans, je n'eus pas le cœur de lui annoncer qu'il s'agissait d'un mauvais choix. On dormit sur nos quatre oreilles dans notre chambre rouge et le lendemain elle fit son pèlerinage au presbytère. Je pleurai parce qu'elle refusait de venir avec moi jusqu'à Top Withins*, et de me laisser m'y promener seule. Il faisait trop froid, c'était trop loin et pouvait se révéler dangereux, d'après elle. Et si on lui avait dit ça, à Emily, rétorquai-je, qu'on ne peut jamais savoir si les choses tourneront au vinaigre ? Elle décréta que je me laissais emporter par la passion du lieu, et que je ne me montrais pas raisonnable. Là, dit-elle, Je tombais dans le mélodrame.

---

* Ferme aujourd'hui en ruine censée avoir servi de modèle aux Hauts de Hurlevent. Les sœurs Brontë ont écrit la plupart de leurs œuvres au presbytère de Haworth tout proche. (N.d.T.)

Faux. Comme quoi on ne peut jamais savoir.

Elle pleura devant les minuscules chaussons de Charlotte. Elle pleurait à la fois sur ses propres pieds, si grands en comparaison, et sur le fait que ceux de feu Charlotte étaient froids depuis une éternité.

Aujourd'hui, ceux de la femme taillée comme Isabella Rossellini sont extrêmement froids.

Estomaquées et excitées, on parcourut le presbytère, tentant de saisir un peu d'inspiration au vol. Mais le génie n'est pas une maladie contagieuse, et ni elle ni moi ne pérîmes de consomption sur la lande.

On but un verre au *Black Bull* en imaginant ce courtaud minable de Branwell en train de se saouler au bar. Et y saoulant ses sœurs. Je voulais faire comme elles, mais elle décréta qu'il restait des endroits à visiter. Elle me conduisit à York Minster, où j'allumai un cierge tandis qu'elle marmonnait en hébreu des paroles destinées à la protéger du culte du Messie. On mangea dans des salons de thé, s'arrêta pour acheter des poteries et repartit à minuit, traversant la lande d'Ilkley tandis qu'une lune pleine s'élevait au-dessus de nos têtes.

Tout ça est vraiment arrivé. C'était un tel enchantement... et pourtant maintenant, alors que je lui demande de se souvenir de ces quelques premiers jours, elle ne fournit pas la moindre réponse. Elle ne peut pas.

J'envoyai une carte postale des chaussons à Dolores, et à Esther une de pierres tombales anonymes.

On mangea sur une lande déserte, dans un hôtel quatre étoiles qui venait à peine d'ouvrir, avec piscine chauffée et pas un client. On but un verre en compagnie de trois membres du personnel, restant seules au bar jusqu'à dix heures et demie. Elle prit du faisan, arracha la chair des os de l'oiseau mort. Ce soir-là, elle fit de même avec la mienne et suça la moelle de mon cœur. Je brûlais de désir, d'amour et d'impatience.

Je suis quelqu'un d'impatient.

Du presbytère des Brontë à la tombe de Sylvia Plath*. Mes écrivains, je les préfère morts avant quarante ans. Plus d'un siècle d'histoire littéraire parcouru en cinq minutes. À l'office du tourisme de Haworth, je demandai des informations sur Sylvia. Ils vendaient d'adorables statuettes en plastique des Brontë, et de délicieuses photos de groupe des trois sœurs rassemblées autour de Branwell, mais n'avaient jamais entendu parler de Sylvia Plath. La fille de l'accueil fut forcée d'aller poser la question à son patron. Il savait lire, semblait-il. Elle revint.

— C'était l'épouse d'un poète ?

Je devins blanche.

— Moui.

— Eh bien, effectivement, nous avons bien une notice à ce sujet. Sous le nom de Hughes. C'est un poète. Je ne sais rien à son sujet. Une certaine Mme Hughes, enterrée à la Vieille Église… C'est d'elle que vous parliez ? »

Je devins rouge.

— Elle s'appelait Sylvia Plath. C'était une grande poétesse. Un vrai grand poète à part entière, espèce de crétine inculte !

La femme taillée comme Isabella Rossellini me mena, verte de rage, hors du bureau.

---

* Célèbre poétesse anglaise qui a mis fin à ses jours. Nombre de féministes ont accusé son mari d'être à l'origine de son suicide. (N.d.T.)

Du rouge, du blanc et du bleu pour l'Amérique qu'avait quittée Sylvia, et le ciel lointain était noir, noir comme l'homme répertorié à sa place.

On emprunta la longue route qui traversait la lande, négociant des virages secs en épingle à cheveux.

On ratissa environ quatre cimetières : un catholique, un méthodiste, un baptiste – des hérissements juifs se manifestant à mon côté. C'est après que l'on trouva le petit cimetière à l'abandon. Deux églises dressées côte à côte. L'une obscure et fermée à clé. La seconde, une ruine à ciel ouvert. Six ou sept chats s'y ébattaient, deux quasi adultes et les autres à peine plus âgés que des chatons. Chacun avec ses neuf morts à vivre. L'un se joignit à nous, ronronna autour des jambes de la femme taillée comme Isabella Rossellini jusqu'à ce qu'elle le repousse.

Elle déteste les chats. Elle disait y être allergique. Quand on a emménagé ensemble, elle m'a obligée à donner ma minette. Elle ne supporte pas non plus les plumes, le pollen, ni la poussière. Mais je suis adossée à un oreiller en plume, à présent, et elle n'éternue pas du tout

Il était dix-huit heures et j'étais nerveuse. Les épais bancs de nuages et l'église en ruines s'évertuaient à donner dans le cinéma d'horreur, tendance Hammer. Ma Juive si sensible à la chrétienté était carrément terrorisée. Je voulais repartir pour elle. Elle voulait continuer pour moi. On a suivi le chat.

Ça s'est vraiment passé comme ça.

Le chat nous a menées jusqu'à un cimetière situé derrière l'église, celle qui tenait encore debout. Les tombes formaient des rangées bien ordonnées. Le soleil était presque couché et on suivit le chat jusqu'à celle de Sylvia. Ma sensibilité se vit de nouveau agressée ; dans la lueur du crépuscule, la plaque disait : « Sylvia Plath-Hughes ».

Je me fis la réflexion que j'étais la première personne à en prendre ombrage.

Cette fois-là, nous fûmes deux à pleurer. Je laissai une fleur des champs, et la femme taillée comme Isabella Rossellini, deux pierres. Une pour elle-même et une pour la souffrance de Sylvia, qui relevait de la judéité.

Nous repartîmes pour Londres le lendemain. On était vendredi, et elle était forcée de rentrer pour le dîner chez ses parents. Elle s'y rendait chaque semaine sans exception. Ils détestent l'idée que j'existe. Une femme, et même pas juive. Je ne suis pas sûre de savoir lequel de ces péchés ils abhorrent le plus.

Ça fait maintenant deux semaines d'affilée qu'elle n'y est pas allée ; je me demande quand ils rassembleront suffisamment de courage pour m'appeler et pour demander de ses nouvelles.

On roula sans s'arrêter. Elle me fit deux fois l'amour de la main gauche tout en conduisant. La voiture en cinquième, moi en dixième. Sexe sans risque, conduite risquée. J'eus trois orgasmes sur la voie rapide. Elle me déposa chez moi, et mes colocataires étaient, contrairement à l'habitude, sorties. Je ne supportais pas l'idée d'être seule, de ne pas dormir avec elle, et je lui fis l'amour avec une douce violence, suavement, rudement, sur le canapé, devant le faux feu de cheminée.

Elle m'embrassa et repartit une nouvelle fois vers le nord dans sa voiture. Je pleurai d'épuisement et de solitude. Elle appela d'une cabine sur le chemin du retour, affirmant : « Je veux vivre avec toi. Je refuse d'être loin de toi. »

Je promis qu'elle n'aurait plus jamais à l'être.

C'est dans un état extatique que j'allai me coucher. Enfin une amante qui me prenait aussi au sérieux que je la prenais elle. Enfin une qui m'aimait de retour.

On jura de ne plus jamais dormir l'une sans l'autre.

Et on tint parole. Même à présent, je me blottis contre elle. Mais bien qu'elle porte un gros pull-over et qu'on ne soit pas dans le Yorkshire, elle est très, très froide.

6

Jeu de jambes

Saz se jeta hors du métro bondé des heures de pointe et se dirigea droit vers la salle de sport. Se concentrant fort afin d'ignorer les beaux corps luisants, elle entreprit de s'activer. Rien de tel que des flots d'adrénaline qui vous parcourent le corps pour faire fonctionner clairement les neurones. Une demi-heure plus tard, transpirante à son tour, elle contournait d'un pas décidé son flirt traditionnel du mardi soir et descendait à la piscine. Au bout de trente longueurs, elle était épuisée et possédait un plan d'action presque au point. Elle se doucha, s'habilla et se précipita dans la nuit du dehors. Sa lente progression pédestre à travers Brixton lui fournit le temps nécessaire pour se sécher les cheveux, et aussi pour mettre de l'ordre dans ses pensées.

Arrivée à l'appartement, elle se dirigea vers le téléphone pour appeler Gary. Un ex-petit ami de sa sœur – ça remontait à douze ans. Étudiant en biologie gauchiste et pétri d'angoisse à l'époque, aujourd'hui acteur à ses heures et employé de bureau à plein temps à St. Catherine House*, Service des Décès.

---

* Registre d'état civil centralisé pour l'Angleterre et le Pays de Galles. (N.d.T.)

Cassie et Gary n'avaient pas gardé le contact, mais de temps à autre, Saz lui achetait des billets pour le National Theatre. Elle lui payait des litres de café après la représentation pour qu'il lui raconte les conneries prétentieuses qui avaient cours dans les milieux du théâtre – hormis quand c'était sa troupe à lui qui jouait, auquel cas il s'agissait d'innovations époustouflantes, mais manquant scandaleusement de subventions. Et environ une fois par an, Gary trouvait le moyen de revaloir ça à Saz.

« Oui, Gary, il y a peu de chances que ça marche, mais vois ce que tu peux faire. Si tu n'as pas le courage de passer tous les noms en revue toi-même, donne-moi le papier, je regarderai quand j'aurai le temps. Merci, mon chou, je te revaudrai ça. »

Ayant demandé une liste de toutes les femmes de vingt-cinq à cinquante ans mortes à Londres au cours des six dernières semaines, Saz raccrocha. Elle savait très bien que, malgré les dénégations de Gary, elle obtiendrait ce qu'elle cherchait au pire deux jours plus tard ; elle n'ignorait pas non plus que ce service lui coûterait un peu plus que le National. Plutôt une soirée à Stratford*.

Elle appela ensuite Helen et Judith, deux vieilles copines en couple depuis cinq ans – record mineur aux yeux de Saz et des deux policières. Elles convinrent de la retrouver une fois que Judith aurait terminé son service.

Vingt-deux heures trente la trouvèrent parfaitement éveillée, douchée, et impatiente de passer la soirée dehors. Son body en Lycra noir se faufila à travers

---

* Stratford-upon-Avon : village d'origine de Shakespeare et aujourd'hui haut lieu du théâtre élisabéthain. (N.d.T.)

une foule semblablement vêtue, pour atteindre la table en coin où étaient assises Judith et Helen. Helen la brune, Judith la blonde, lesquelles, ayant cédé toutes deux à la mollesse et à l'humidité de cette soirée d'été, portaient aussi peu de tissu que possible sous leurs perfectos de cuir noir assortis, complétés de lourdes Docks.

— Je vais les chercher, lança Saz lorsqu'elle fut à portée de vocifération.

— Trop tard, répondit Helen en désignant les trois doubles gin tonics reposant devant elle sur la table.

Saz embrassa les filles, saisit son verre, trinqua, sur quoi toutes trois braillèrent de concert : « À Platon ! »

Saz avait rencontré Helen et Judith trois ans plus tôt, durant un cours de poésie pour femmes. Toutes trois s'étaient inscrites, enthousiastes, à ce qui devait être un « Week-end féminin décoiffant – La poésie grecque telle que vous ne l'avez jamais connue ! Mettez votre âme à nu avant qu'elle ne le fasse ! Réservé aux femmes ! » dans les profondeurs sauvages de l'ouest du Yorkshire. Malheureusement, il ne s'agissait pas tout à fait des deux jours d'abandon saphique qu'elles avaient espérés. La poésie était grecque, certes, mais aucune des trois ne s'était jamais imaginée auparavant lire Platon – dans le texte – en compagnie de treize profs de fac. Sentant là une âme sœur (et non véhiculée), Judith et Helen lui avaient proposé de la ramener à Londres le samedi matin, et toutes trois avaient mis les voiles au moment précis où les autres participantes prenaient place pour une séance libellée : « Platon – L'âme – Où est-elle située ? » Au cours du trajet de retour, Saz avait modifié sa conception des « poulets » (ou du moins des poulettes) et découvert plus de choses sur l'existence cachée de la communauté lesbienne qu'elle n'en avait appris en dix ans dans le milieu.

— Alors, les filles, c'est comment, la vie de basse-cour ?

— Pas mal, chérie, pas mal. Et à Camberwell ? Toujours célibataire ?

— Décidément, Haine, tu ne sais pas me saluer sans poser des questions sur ma vie sexuelle. Dieu seul sait pourquoi tu travailles dans la police. Ce qui te correspondrait vraiment, c'est « journaliste d'investigation » au *Sun*, comme ils disent.

— Je peux pas m'en empêcher, Saz. Comme ça je sais tout de suite si tu baises ou pas, et j'ai plus besoin de me tracasser à l'idée de mettre les pieds dans le plat sans le vouloir.

— Parce qu'on peut mettre les pieds dans le plat volontairement ? demanda Judith.

— Oui, ma chérie, il suffit que ce ne soit pas le pied, justement. D'ailleurs, si tu ne te dépêches pas d'aller nous chercher une nouvelle tournée, tu risques de ne plus jamais prendre le tien avec moi.

Judith se fraya un chemin jusqu'au bar et Saz rencarda Helen sur les tenants et aboutissants de sa vie sexuelle inexistante. Le temps qu'Helen lui livre ceux de la sienne, fort existante, avec Judith, cette dernière était parvenue à grand renfort de coudes sur le devant de la pièce, et revenue avec les verres. La discussion cul une fois achevée, Saz leur narra par le menu l'histoire John Clark, ajoutant que, même si ça paraissait ridicule, elle le croyait effectivement, et qu'elle s'était adjoint l'aide de Gary – sans toutefois entrer dans les détails sur ce dernier point

Lorsque Saz eut terminé, Judith leva les yeux au ciel et laissa échapper un râle incrédule.

— Non, ce Clark est forcément un ex-mari, un mac, ou un autre fumier de ce genre. Son histoire est vraiment trop débile. Quand même, c'est les années quatre-vingt-dix, quelle sorte de femme irait se faire appeler Septembre ?

— Allons, allons, chérie…, contra Helen. Quelle sorte de femme irait qualifier son amante de «colocataire»? Quelle sorte de femme a, pas plus tard qu'hier soir, menti à sa mère sur la nature de sa sexualité?

— Oh! je t'en prie, ne recommence pas, c'est injuste. Tu ne sous-entends tout de même pas que si Janvier va dîner deux fois par mois avec un homme à qui elle refuse de donner son nom et à qui elle veut soutirer mille six cents sacs, c'est parce qu'elle est en réalité lesbienne et qu'elle veut faire plaisir à sa harpie de mère?

— Non, mais si mille six cents sacs pouvaient te donner suffisamment de courage pour enfin sortir du placard auprès de ta famille, je trouverais le moyen de réunir la somme…

Repérant là les prémices d'une altercation qui ne lui était que trop familière, Saz se jeta à l'eau.

— Pour tout vous dire, je m'attends à la découvrir hétéro et mariée, n'ayant plus de parents, et banale à mourir. Il n'y a que ça qui puisse expliquer ses rendez-vous clandestins avec John Clark le féru de jazz. Sa conception de l'émotion s'arrête là, et c'est pour ça qu'elle a choisi un pseudonyme aussi idiot. Mais il n'y aurait pas quelque part un genre de fichier des personnes disparues où vous pourriez me chercher des infos?

Helen vocalisa une première excuse envers Saz et caressa Judith de la réplique suivante (ainsi que, physiquement, la main de cette dernière):

— D'accord, fournis-nous sa description et la date approximative de sa disparition, je vais voir ce que je trouve. Je vais aussi passer en revue les noyés qu'on n'est pas parvenus à identifier, mais la mort est probablement trop récente pour qu'il s'agisse d'un des cadavres repêchés sur les berges au cours des trente derniers jours.

— Merci, Hell. Vraiment, je préférerais qu'elle ne soit pas morte. Elle a réussi à m'accrocher, j'ai vraiment envie de savoir pourquoi elle a choisi ces noms de mois... et ce qu'elle fabriquait le reste du week-end.

Helen éclata de rire.

— Désolée, Saz, mais c'est justement pour ça qu'on s'engueulait. La mère de Judith n'arrête pas de m'inviter à venir passer le week-end chez elle – tu sais, le coup classique, la réunion de famille petite-bourgeoise dans le cottage, mais j'ai dit à Jude que je n'irais pas en tant que colocataire, seulement en tant qu'amante.

— Et ça, ma chérie, c'est impossible. Parce que, petit a, on n'est pas des petits-bourgeois, mais des bourgeois tout court, et que petit b, dans l'hypothèse où tu viendrais en tant qu'amante, maman ne me laisserait probablement pas rentrer non plus. Pour tout te dire, elle me déclarerait sûrement *persona non grata* dans un rayon de dix kilomètres autour du domicile des membres de sa Ligue civique féminine.

— Elles n'ont donc aucune gouine parmi elles ?

— C'est quoi, cette ligue ?

— Aucune importance, Saz. Disons que c'est le moyen qu'a trouvé Helen de dévier la conversation pour revenir à nos problèmes de couple.

— Peut-être qu'elle ne réagirait pas mal. Elle est toujours très gentille avec moi quand je lui parle au téléphone...

— Helen ! Laisse tomber. Tu ne connais pas ma mère. Elle est très gentille avec les éboueurs aussi... mais elle ne voudrait pas que j'en mette un dans mon lit. En tout cas, ça n'avance pas Saz d'un poil. Ce qu'elle veut savoir, c'est si cette Avril, ou Juin, partait passer le week-end à la campagne après ses folles soirées avec son monsieur John.

— Mais je parie que ses parents à lui connaissent ses préférences sexuelles, au moins ! lança Helen en se retournant.

Et, ramassant les verres, elle partit de nouveau vers le comptoir, laissant seules Saz et Judith.

— Dieu seul sait pourquoi j'aime cette femme. Enfin, peu importe. Je peux chercher des renseignements sur ton John Clark, si tu veux. Comme Big Sister est partout, je suis à peu près sûre de faire cracher des infos à British Telecom. Et puis, ce qui est carrément certain, c'est que je vais te découvrir s'il a des machins craignos dans son casier.

— Est-ce qu'on peut être fiché pour des machins chouettes ? Saz releva la tête de son gin tonic.

— Ouais. Madonna. Elle chante du country avec K. D. Lang. Non, je blague, les trucs genre prise de drogues douces ne te seront pas d'une grande utilité pour ce qui est de ta nénette aux noms de mois. Mais les affaires de chantage, de trafic, ou des trucs de cul bien vulgos… Ça, ça pourrait t'aider. Comptez sur moi, chef ! Judith se frotta les mains d'un air jubilatoire. C'est exactement pour ça que je suis devenue fliquette. Pour imiter Trixie Belden, Nancy Drew*…

— Helen Mirren**, plutôt ! Ne t'inquiète pas, Saz, on t'aura trouvé tout ça d'ici la fin de la semaine. Tiens, tant qu'on y est, passe déjeuner dimanche. Comme de toute façon Judith sera occupée à remettre du bois dans son petit foyer familial, tu accepteras

---

* Héroïnes de romans policiers gentillets pour adolescents. (N.d.T.)

** Personnages de la série télé éponyme. Helen Mirren est une femme-flic qui ne se laisse pas marcher sur les pieds. (N.d.T.)

peut-être de venir me tenir chaud ? Je veux dire, on pourrait... Aaaaaaah !

Helen jaillit de son siège comme Judith projetait une poignée de glaçons dans son décolleté, répandant le contenu de deux sachets de chips à demi terminés ainsi que la totalité du verre de Saz – qui atterrit essentiellement sur Helen.

Saz interpréta cela comme le signe que si elle restait une seconde de plus, la scène allait s'achever en drame, et que son jogging matinal aurait des allures de torture si elle buvait encore une goutte. Elle effectua ses adieux, convint de voir Helen ce week-end-là, puis traversa, compressée, la masse de corps, afin de rentrer chez elle. Seule. Et heureuse de l'être.

7

Menu unique

Aucune de nous deux n'avait jamais vécu avec quelqu'un. Vivre ensemble : de facto, droit coutumier, une amante-à-domicile. Une épouse. On avait résisté, à cause de l'absence de liberté que ça implique, à l'évidence ; ce manque de temps « à soi » nous effrayait. Et aussi de l'engagement que ça représentait, et parce que personne n'avait jamais voulu qu'on vive avec. Mais au bout de cinq mois de relation, c'était devenu inévitable. Inexorable, comme la mort. Dolores prétendit être heureuse pour moi, mais je me rendis bien compte de son scepticisme. Pas simplement une question d'intuition féminine : elle le formula.

— Je n'ai rien contre le fait que tu déménages, vraiment, je t'assure, Maggie. Je trouve que c'est très… sain. Et je suis vraiment heureuse pour toi, pour toutes les deux, mais tu sais… si jamais tu veux revenir ici à genoux, si jamais tu dois ramener au bercail tes dernières miettes de fierté personnelle… eh bien, il y aura toujours une chambre d'amis pour toi.

— Ou la moitié de ton lit, Dolores ? Écoute, ma chérie, même si ça ne devait pas marcher, je ne voudrais plus jamais cohabiter avec cinq personnes. Féministes. Cinq femmes, deux chiens, six chats, une flopée d'ex, et un éventail d'une bonne vingtaine de thérapies. Je progresse, Dolly. Je vais de l'avant. Je ne veux plus vivre selon les préceptes de la Bible du Tofu.

— Eh ben dis donc, merci beaucoup! Non, non, très bien. Abandonne-moi donc Susie Grocha, déserte-nous toutes – mais ne viens pas te repointer à table le jour du Kippour!

Je crois que si Dolores était furax à ce point, ce n'était pas parce que je quittais ce terrier de lapines co-dépendantes qu'était notre «maisonnée communautaire», mais parce que j'emménageais avec une autre Juive. Elle avait toujours trouvé agréable, et rassurant, de croire que ça n'avait jamais marché entre nous à cause de quelque indécrottable antisémitisme courant dans mes veines catholiques. Tant qu'elle avait la possibilité de se convaincre que l'on ne s'était pas convenu parce que je ne supportais pas son héritage culturel (adoptif) ni son inconscient collectif (de découverte récente), elle pouvait faire comme si l'échec de notre relation n'était pas imputable à sa folie à elle. Et à sa manie de ne jamais faire la vaisselle.

Nous passâmes la majeure partie du mois de février à chercher un endroit où vivre. Un février froid, gris, pluvieux, venteux. D'appartement bon marché, et sordide, en logement dispendieux aux allures de palais. Elle, bien entendu, avait un boulot «comme il faut», et par conséquent beaucoup plus d'argent que moi; étant donné que ç'avait toujours été le cas, elle n'imaginait pas du tout que l'on puisse transformer la laideur en beauté à coup de simples petits pots de vinyle magnolia et grâce à quelques kilos de nettoyant pour moquette. Elle voulait *Maison et Jardins*, et tout de suite.

Elle veut tout tout de suite. Peut-être qu'elle l'a.

On finit par trouver – par une amie d'amie d'ex, naturellement. Un deuxième étage, à mi-hauteur sur une colline, une vue panoramique sur la Tamise – avec des jumelles (et seulement en automne-hiver : durant les deux autres saisons, le feuillage de l'immense chêne obscurcissait tout l'horizon, hormis celui des chiens pissant au pied du tronc). Un lieu chouette, lumineux, spacieux, et entièrement vide. Ouvert à nos désirs d'y poser notre empreinte. L'achat de mobilier se révéla difficile – elle voulait la petite maison dans la prairie, et moi le vaisseau spatial Entreprise. On fit un compromis et aboutit côté salon à l'intérieur de la caverne d'Ali Baba (rouge et or façon harem, avec la moitié du parc royal de Kew dans les jardinières), et une simplicité virginale côté salle de bains. Je me chargeai des travaux de peinture, elle me téléphona trois fois par heure et nous emménageâmes en mars.

C'est à ce moment-là que ça a vraiment bardé dans sa famille.

« Je vais la tuer. » – son père.

« Mon pauvre bébé. » – sa mère.

« Ne t'avise pas de toucher à mes enfants. » – sa sœur.

« À quoi ça te sert de donner tant d'argent à ce psy ? » – son beau-frère.

« Tu m'as pris pour un con. » – son père.

« Comment as-tu pu t'installer aussi loin ? » – sa cousine.

« Tu ne penses donc pas à ta famille ? » – sa mère.

Eh oui, et sa famille ? Si aimante, si proche, que lorsqu'elle était sortie du placard quatre ans auparavant, ils avaient décidé qu'il s'agissait d'une phase passagère et l'avaient ignorée. Enfin non, avaient ignoré ÇA. Ils lui adressaient toujours la parole – mais pas pour évoquer la seule chose qui importait. Elle avait vingt-huit ans, à l'époque. Visiblement trop jeune pour pouvoir prendre des décisions en connaissance de cause. Cette si proche famille qui refusait d'accepter leur fille telle qu'elle était réellement. Cette famille aimante jusqu'à l'écœurement qui croyait que c'était elle, la malade. Mais j'étais celle à qui ils réservaient la majorité de leur fiel, moi, la grande méchante goudou qui avait contaminé leur bébé et lui avait fait un lavage de cerveau.

« Elle en veut à ton argent. »

« Elle t'utilise. »

« Elle profite de toi. »

Je n'ai jamais exercé un tel pouvoir sur elle. Pas même lorsque je le voulais. Elle a agi exactement comme il lui plaisait. Toujours.

Jusqu'à maintenant.

Ils refusaient de me rencontrer et d'entendre mentionner mon nom. Laisser pénétrer quelqu'un d'extérieur aurait gâché leur fameuse « proximité ». Lorsque sa sœur aînée s'était mariée, l'époux n'était pas allé jusqu'à prendre son nom à elle, mais ça revenait au même : il avait obtenu un boulot dans la société du père, une voiture de fonction, et ils louaient une maison aux cousins, qui étaient dans l'immobilier. Je pense que l'idée sous-jacente était de ne pas perdre leur fille et d'y gagner un associé. Quant à moi, il est vrai, je pouvais difficilement partir travailler pour la firme familiale – un abattoir-boucherie cacher offre peu d'opportunités à une *shiksa* végétarienne.

Boucherie.

Nous vivions ensemble, mais elle leur rendait visite tous les vendredis soir, y passait parfois la nuit, et ça me rendait furieuse de la voir trottiner comme un toutou chez ces gens qui me méprisaient.

Je me sentais trahie, et je consultai mes amies israélites.

Esther décréta la chose inévitable.

« Mais enfin, ils sont vieux, juifs, tu es une femme, et une *shiksa*, pour l'amour de Dieu ! Tu t'attendais à quoi ? À te retrouver dans les petits papiers de ses grands-parents ? Je suis sûre que ses amis sont dans le vrai : ce sont probablement des gens adorables, et elle doit avoir raison de les aimer. Ils ne parviennent pas à accepter cette petite… enfin, ces *deux* petites choses, car tu es tout de même catholique… Le hic, c'est que ça va à l'encontre de tout ce à quoi ils ont toujours cru, de tout ce qu'ils ont espéré pour elle. Tu ne peux pas les détester pour leur étroitesse d'esprit alors que plus des trois quarts de la population sont comme eux. Accorde-leur un peu de temps. Ça ne fera probablement aucune différence, mais au moins, tu t'habitueras. »

Elle avait tort. Je n'ai jamais pu me faire à ce que des étrangers me haïssent.

J'allai chez Dolores, qui trouva antisémite de croire que des Juifs ne pouvaient pas avoir autant de conscience politique que le reste du monde. La situation était inextricable et moi, bel et bien piégée. Prisée, et prise au piège.

Je suis libre maintenant.

La femme taillée comme Isabella Rossellini dit qu'elle les aimait, que c'était sa famille, promit qu'elle ne les laisserait jamais nous séparer et que, de toute façon, ils changeraient d'avis avec le temps.

Un mois, ça en fait, du temps. Dix ans aussi. Et un siècle ! Combien me croyait-elle capable d'attendre ?

Sa mère a appelé hier. Je l'ai écoutée laisser son message sur le répondeur.

« Ma chérie, c'est ta maman. Je m'inquiète pour toi. Voilà plusieurs semaines qu'on ne t'a pas vue. Est-ce que ça va ? S'il te plaît, appelle-moi. »

Plusieurs semaines ! La dernière fois que j'ai parlé à mon père, ça remonte à il y a des mois. Et pour ce qui est de ma mère, c'était en 1986, deux mois avant sa mort. Sa mère à elle ne pose jamais de questions à mon sujet. Je crois qu'elle serait malade rien que de devoir prononcer mon nom. J'ai effacé le message sur la bande. « C'est ta maman »… Quelle femme adulte aurait l'idée de se désigner ainsi ?

Les trois premiers mois furent les pires. Nos arêtes saillantes entamaient les talons d'Achille de la confortable vie de couple que l'on espérait mener. On dut se frotter rudement l'une contre l'autre pour poncer les aspérités. Mais c'est à ce moment-là, alors que l'on était encore mal dégrossies, que ce fut le mieux au lit.

C'était si dur de s'habituer l'une à l'autre. Elle avait des rythmes de sommeil différents : couchée à minuit, debout à huit heures et demie. J'appris à me lever en même temps qu'elle, à lui préparer le thé, à l'embrasser, au revoir, je retourne me coucher. Je lui faisais la cuisine, de quoi déjeuner le midi, lui gardais toujours une tasse de thé au chaud pour lorsqu'elle rentrait. Je prenais bien soin d'elle. Elle tomba malade et je lui préparai du bouillon de poulet. Du vrai. Je me glissais peu à peu dans la peau d'une épouse, sans qu'il y ait eu signe de demande en mariage. Je n'avais jamais vécu avec une seule personne. Elle, jamais avec quiconque hormis sa famille, et encore, huit ans auparavant. Elle apprit à effectuer des repas réguliers. À prendre des bains à la lueur des bougies – je ne supporte pas les éclairages violents dans la salle de bains. Elle s'initiait aux plaisirs des émissions comiques des années soixante. Je lisais la Haggadah*. Nous faisions l'amour partout : la cuisine, le grand salon – rempli de ses livres, trente-six cartons de bouquins portés en haut des trois étages. Je m'étais chargée du plus gros – elle n'a jamais été très costaud. On faisait l'amour dans le minuscule hall d'entrée – moi écrasée, prise de force contre la porte du placard à linge. Dans la salle de bains encore brûlante de mes ablutions, et je mouillais et transpirais tant que je devais me replonger dans l'eau tout de suite après. Et aussi dans notre chambre, avec son toit mansardé, et celui de la tour du Canary Wharf qui se devinait dehors par-delà le chêne. Lueur rouge clignotant à notre intention. Nous jetant des clins d'œil. Phalliques. Nous faisions l'amour chaque jour. Deux fois. Trois. Je partais travailler endolorie d'autant de sexe, et heureuse de l'être.

Après quoi le ravissement passa et on s'installa dans la Vraie Vie. Elle travaillait la journée, moi en soirée, on se conservait religieusement des week-ends l'une pour l'autre, et d'occasionnels soirs de relâche. Au début, elle partait voir ses amis lorsque je travaillais, mais ça me déplaisait qu'elle revienne à la maison plus tard que moi ; elle s'arrangea pour les voir à l'heure du déjeuner. De temps à autre, son travail la forçait à quitter Londres pour quelques jours, et elle continuait de voir ses parents trois vendredis par mois, mais elle m'en gardait un. Il lui arrivait même de rester dormir chez eux, dans son vieux petit lit d'enfant. Mais tous les autres jours, j'étais là à six heures lorsqu'elle revenait du travail, et elle l'était lorsque je rentrais tard. J'adorais l'idée qu'elle soit restée à m'attendre. La sécurité de savoir qu'elle serait toujours là. Ici.

---

* Passage du Talmud décrivant la fuite des Juifs d'Égypte, que l'on lit en public pour la Pâque. (N.d.T.)

Elle n'était pas aussi ordonnée que moi. Mais elle apprit.

Je n'étais pas aussi propre qu'elle. Mais j'appris. C'était généralement moi qui faisais la cuisine. Elle mangeait et aimait mes plats. Je dévorais et aimais son corps. J'adorais ses jambes ; elle, ma façon de repasser les T-shirts. Je portais ses vêtements ; elle, jamais les miens. Je lui offris un jouet en peluche. Un éléphant. Elle ne lui donna jamais de nom et il hérita du diminutif d'Elie, trouvé de conserve. On emmena Elie à sa première Gay Pride. C'était aussi sa première à elle. Sa première manif tout court. Elle se constitua une culture politique et je m'éduquai en matière de folklore sémite. Quand arriva le Nouvel An juif, elle passa la première soirée dans sa famille, et pour la deuxième, on invita des amis à dîner. Noix de toutes sortes et gâteau au miel pour commencer, suivis de plats mexicains épicés. Pour la Pâque, je fis connaissance avec le pain azyme. Au Kippour, j'étais affamée et assoiffée. Dolores, cédant, annonça :

— Ainsi donc, j'avais tort. Sa famille te déteste et elle, elle t'aime encore. Comme disait toujours Mamie Bernstein : « Ne tue jamais le poulet tant que tu n'as pas compté toutes ses plumes » – ça perd un peu à la traduction, hein ? Je suis sûre qu'en yiddish, c'était parfaitement adapté à la situation.

Encore une fois, Dolores n'a pas vu souvent sa grand-mère.

Durant trois ans, on a vécu ensemble comme femme et femme. Ce fut très bien, profondément satisfaisant, et après ça j'ai découvert des choses. Des trucs que je n'aurais jamais imaginés. Je ne lui ai jamais menti, moi. Je ne mentais jamais. J'ai toujours été complètement honnête. Mais elle, elle m'a menti, et je m'en suis aperçue.

Je déteste les mensonges.

8

On n'a rien sans souffrance

Saz se réveilla angoissée. Pourquoi ? Que devait-elle faire ce jour-là qui suppose un accueil si peu jubilatoire d'une énième après-midi grise ? Elle mit un moment à saisir clairement, mais lorsque l'illumination lui vint, elle fut semblable à la lumière de janvier qui se levait sur Londres : froide, sinistre, et sans aucun espoir que Noël vienne mettre un peu de vie dans tout ça. Elle devait déjeuner avec Caroline. Caroline son ex-amante. Caroline, la raison qui lui avait fait jurer de demeurer célibataire durant deux vies au moins. La mince et délicate Caroline, aux yeux vert foncé, aux minuscules lèvres pâles, aux pommettes admirables. Caroline, qui avait une nouvelle amante australienne.

Saz et Caroline étaient ensemble depuis un an et demi lorsqu'un samedi matin, alors qu'elles étaient au lit, Caroline avait annoncé avoir « quelque chose de difficile à dire ». Saz avait senti la poigne glacée de la terreur lui enserrer l'estomac, et avait attendu que Carrie explique pourquoi elle n'avait pas voulu faire l'amour, alors que c'était traditionnellement la première de leurs occupations de la matinée ; elle était restée étendue là, écoutant, passive, tandis que Caroline se lançait dans le traditionnel :

« Je suis désolée, je t'aime, tu es formidable, ce n'est pas ta faute… crois-moi, je suis désolée, mais… »

Mais elle avait rencontré quelqu'un d'autre.

Mais elles ne se connaissaient que depuis dix jours.

Mais ça suffisait.

Mais pas moyen de faire autrement.

Mais elle n'avait jamais eu l'intention de blesser Saz.

Mais elle devait rester en phase avec elle-même.

Mais elles pouvaient continuer à être amies.

Elles s'étaient séparées deux jours plus tard. Caroline jurant de rester en contact, et Saz se promettant des vacances, des bouteilles de gin, des liaisons faciles, libres, juste pour le cul, des tonnes de fêtes, quelque chose, n'importe quoi… simplement pour ne pas devenir maboule. Saz avait appelé Caroline à plusieurs reprises au cours du mois suivant, mais celle-ci était toujours trop occupée pour discuter longtemps. Au bout du compte arriva une lettre annonçant qu'elle était désolée, mais qu'il serait sans doute mieux pour toutes les deux que Saz n'appelle plus, coupure franche et tout ça…

Et voici que, onze mois après cette lettre, Caroline, connaissant ses habitudes, s'était débrouillée pour la surprendre à son plus vulnérable : le moment où elle revenait de sa course matinale, juste avant de brancher le répondeur, quand elle s'apprêtait à retourner se coucher.

— Allô ?

— Ah, Saz, c'est Caroline… Euh, salut. Comment va ?

— Éberluée.

— Ouais, eh bien, écoute, euh… je sais que ça fait des siècles, et que je t'avais demandé de ne plus me contacter…

— Je ne l'ai pas fait. C'est chez moi que le téléphone sonne. C'est toi qui appelles.

— Ouais, euh… j'aimerais bien te voir.

— Pourquoi ?

— Eh bien, parce que je déménage à New York dans deux jours. Pour de bon. J'aimerais te voir avant de partir.

— New York ? Pas l'Australie ?

— Non, pas l'Australie. Écoute, on pourrait déjeuner ensemble, par exemple ? J'aimerais bien te voir.

Et, comme l'idiote, négligente et aisément manipulable qu'elle était, Saz avait accepté. Elle avait invité Caroline à son appartement, qui plus est. Dans une heure cinq.

Elle sortit du lit, fit la poussière, passa l'aspirateur, se lava, s'habilla (de façon à donner l'effet le plus stupéfié, le plus passé à la hâte possible), se précipita à la boutique d'en bas acheter des fleurs (cadeau de soi à soi), et attendit ; patienta durant environ une demi-heure, parce que, comme à son habitude, Caroline eut trente-cinq minutes de retard.

Elle arriva porteuse d'excuses et d'un bouquet de fleurs – le même que celui acheté par Saz une heure plus tôt, même fleuriste, même prix, seule l'intention était différente : pas «vois comme je suis heureuse», mais «vois comme je regrette». Caroline se tenait sur le pas de la porte, arborant le même air que cette fameuse fois, deux ans auparavant.

Saz prit une profonde inspiration et lui demanda d'entrer.

Caroline était assise à la table de la cuisine, buvant un café léger, l'air mince et pâle et belle avec ses cheveux auburn raides lui retombant sur le visage. Caroline était assise à la table de la cuisine et déballait tout à Saz. Que l'Australienne l'avait trompée, lui avait menti, s'était servie de l'appart et de la voiture durant six mois, pour ensuite repartir à Sydney en laissant une note de téléphone astronomique ainsi qu'une carte postale : « Merci pour l'hébergement, mais mon visa a expiré. » Que ça faisait des mois que Caroline s'empêchait de revenir vers Saz en quémandant son pardon et ses baisers. Qu'elle était restée à l'écart tant qu'elle n'était pas certaine de se comporter de façon rationnelle. Qu'elle ne voulait pas reprendre avec Saz, enfin, note bien, elle ne supposait pas que Saz voudrait d'elle, non, elle avait besoin d'être seule, elle le savait. Raison pour laquelle elle partait afin d'aller suivre des cours dans une école de cinéma. À New York. L'argent venait de son père, qui espérait probablement qu'elle se trouve un chouette Américain. Et maintenant, eh bien, maintenant, elle ressentait le besoin de lui dire au revoir. Et de s'excuser. Comme elle le devait.

Saz resta assise, écoutant, fascinée. Elle avait vraiment l'air maigre. Et sa peau. Elle avait oublié que la peau de Caroline n'était pas très belle. Le manque d'effort physique. Et aussi quels yeux merveilleux elle avait. Et ses cheveux. Cette façon qu'ils avaient de retomber sur ses yeux. Comment Caroline les rejetait en arrière sans même s'interrompre. Le désir qui prenait Saz de l'embrasser. Caroline parla si longtemps et avec tant de dureté, racontant son histoire de A à Z, que Saz se demanda si elle n'avait pas arrêté sa thérapie. Non. Elle voulait juste que Saz comprenne.

— Ouais, Carrie, je sais, je comprends, vraiment. Je comprends que ce que tu fais, c'est une fuite. Qu'on était devenues trop proches, toutes les deux. Que tu veux que je te pardonne, pour pouvoir t'en aller à New York en te sentant cohérente, heureuse et claire. Que partir à New York est une fuite de plus.

Que c'est la troisième formation professionnelle que tu entreprends en cinq ans. Parce que depuis quand rêves-tu de faire des films ? Qu'est devenue ta passion pour le design de meubles ? Je comprends que c'est aisé pour toi de continuer à t'enfuir, aussi longtemps que ton père continuera à financer tes frasques. Qu'il ne te traitera jamais en adulte, contrairement à ce que tu souhaites, tant que tu le laisseras agir comme ça. Tu comprends maintenant ce que c'est que d'être abandonnée par quelqu'un ? Je t'avoue que je suis désolée pour ce qui t'arrive, mais que ça me fait plaisir aussi. À vingt-quatre ans, il est plus que temps que tu deviennes adulte, Caroline. C'est peut-être une bonne décision. Tu penses que tu sauras t'y tenir, pour une fois ?

— Je ne sais pas. Mais je veux essayer. Je ne veux pas encore tout faire capoter. Ça me désole vraiment que tu m'en veuilles encore à ce point…

— Seulement parce qu'il y a six mois tu as refusé de me laisser m'exprimer. Si tu m'avais permis de te hurler dessus l'année passée, j'irais très bien maintenant, et je passerais mon temps à m'envoyer en l'air avec la moitié de la population du nord de Londres.

— Du nord de Londres ? Je supposais qu'après notre histoire, tu voudrais t'en tenir à cette rive-ci.

— De toute manière, je ne t'en veux pas. Et je suis seule. Et aigrie. Je suis une vieille gouine aigrie et tordue. Ça crève les yeux.

Saz éclata de rire à contrecœur en citant ainsi la mère de Caroline, laquelle, lorsque sa fille (alors âgée de quatorze ans) était sortie du placard, l'avait traitée de « vieille gouine tordue et aigrie ». Elle s'était excusée et avait été toute de légèreté et de gentillesse depuis, mais l'accusation s'était révélée dure à avaler pour Caroline qui, adolescente, croyait tout connaître, et désormais, à vingt-quatre ans, commençait tout juste à admettre qu'elle n'était pas entièrement « adulte ». Le rire fut d'un certain secours. Saz expliqua à Caroline qu'à son avis, elle avait agi comme une salope intégrale, et qu'elle méritait toutes les vilenies de l'Australienne. Caroline en convint, en ajoutant tout de même qu'une note de téléphone de trois cent soixante-huit livres, c'était un peu fort de café. Sur quoi elle en prépara d'autres. Elles prirent des nouvelles de leurs familles respectives, d'amies communes qui avaient rompu d'un commun accord, et d'autres amis qui n'avaient jamais été communs.

Elles déjeunèrent. Comme toujours, alors qu'elle avait l'air de ne jamais se nourrir, Caroline mangea comme quatre. Elles écoutèrent Tracy Chapman et Kate Bush en souvenir du bon vieux temps. À seize heures, elles savaient tout de l'année écoulée dans leurs existences respectives, et Caroline devait partir. Ce qu'elle fit en laissant une adresse à New York (la chance étant toujours de son côté, on lui avait offert un appartement là-bas en échange de son logement londonien – six mois minimum, deux ans maximum), avec l'assurance que Saz aurait toujours un canapé-lit à sa disposition sur place quand elle en aurait besoin.

Saz referma la porte derrière Caroline et poussa un soupir. Le téléphone se mit à sonner. C'était Gary.

— J'ai les noms de deux cents mortes, et leur description physique : taille, poids, couleur des cheveux et des yeux. J'ai même leur statut marital et leur métier quand ça figurait au dossier.

— Gary, c'est génial ! Tu es un ange, qu'est-ce que je te dois ?

— Deux places pour *Comme il vous plaira* au Barbican ?

— Pas de problème, mon canard, quand veux-tu qu'on y aille ?

— Hum. Eh bien, en fait, j'aimerais bien que tu me donnes les deux billets, si ça ne t'embête pas. Il y a quelqu'un que j'aimerais emmener.

— Gary ! Tu as un plan nana ?

— Oui, et pas de questions ou tu n'auras pas tes infos. Tu réserves les places, je t'envoie les papiers.

— Ça marche. Mais tu as intérêt à ce qu'elle soit mignonne !

Saz fit la vaisselle et nota mentalement d'appeler Helen et Judith dès qu'elle aurait terminé. Elle voulait faire une conférence à trois dès que possible.

Le téléphone sonna de nouveau, au moment précis où elle rangeait la dernière tasse. C'était John Clark.

— Bonjour, John. Nos affaires avancent ?

— Eh bien, madame Martin, j'ai tapé une description physique complète, la liste de tous les restaurants où nous sommes jamais allés, j'ai la date où elle s'est cassé la cheville, et j'ignore si cela vous sera d'une quelconque utilité, mais je possède une carte postale qu'elle m'a envoyée...

— Une carte postale ?

— Oui, il lui arrive d'effectuer de brefs voyages d'affaires... Enfin, ça a tout de même empiété sur notre dîner, une fois. Du coup, elle m'a envoyé une carte postale au bureau.

— Une carte d'où ?

— De New York.

— New York ! Y a-t-il une quelconque adresse ?

— Eh bien, juste un hôtel...

— John, c'est génial ! Vous ne vous rendez pas compte ? Elle leur a forcément laissé son identité et ses coordonnées à Londres !

— Oh, oui, bien sûr, ça ne m'avait pas frappé... Voulez-vous que je les appelle ?

— Non, il ne faut pas s'attendre à ce qu'ils donnent ce genre d'information au téléphone. Envoyez-moi simplement votre dossier, je vais voir ce que je peux faire. De toute manière, je songeais à effectuer un petit aller-retour par-dessus l'Atlantique...

Elle reposa le combiné, ayant convenu de voir John le jour suivant.

Après cela, elle décrocha pour annoncer la bonne nouvelle à Caroline.

9

Restes

Au bout d'un moment passé à vivre ensemble, il devint évident que je devrais rencontrer d'autres éléments de son histoire personnelle. Étant donné que je ne pouvais pas faire connaissance avec sa famille, il faudrait se rabattre sur les amis. Et sur les ex. Ça m'horripile de rencontrer les ex. Je déteste le passé qu'ils possèdent. Toutes deux avons eu des hommes dans notre vie. Les miens sont un assortiment éclectique d'acteurs et d'artistes, d'hommes rencontrés à la fac, d'anciens colocataires, d'amants actuels d'autres amis – un tiers d'entre eux environ sont gays. Certains l'étaient déjà quand nous nous sommes rencontrés, d'autres non. Moi aussi, j'ai mis beaucoup de temps à choisir.

La femme taillée comme Isabella Rossellini n'en a que quelques-uns, elle. Trois femmes et trois hommes. Ses hommes sont d'un genre différent des miens, qui avaient beaucoup plus des allures d'éphèbes. Les siens, c'est un médecin, un avocat et un charpentier. Le style qu'on peut amener à la maison chez maman. Lors de notre première rencontre, elle est restée bouche bée devant le nombre de mes ex, hommes comme femmes.

— Mais, Maggie, comment as-tu fait pour caser tout ce monde ?

J'ai choisi de ne pas saisir la perche qu'elle me tendait. Je peux me montrer très cruelle en matière de comédie.

— Écoute, chérie, ce sont des amis, pour la plupart – on l'était à l'époque, en tout cas –, et on a couché ensemble un temps, après quoi on est redevenus amis. À partir du moment où on n'a pas besoin de passer les trois premiers mois à faire connaissance, et où on n'est pas forcés de rester ensemble juste parce que sinon on risque de ne plus jamais se revoir… on peut parvenir à une quantité assez industrielle d'ex, ma foi. En dehors de ça, c'est plutôt chouette, un peu comme si tout restait en famille.

Ses relations à elle me faisaient un drôle d'effet, toutes. Je ne voulais pas être au courant, et pourtant si. Je posais des questions à leur sujet, après quoi, quand elle me racontait, ça me rendait systématiquement furieuse et jalouse. J'essayais de ne pas le montrer mais je ne suis pas très douée pour la dissimulation.

Je souffre d'une jalousie terrible.

J'ai rencontré l'un des hommes, une fois. Le charpentier. Il avait l'air sympa. Et totalement inoffensif. Insipide. Ce qui m'embêta encore plus. Parce que si lui était ainsi, comment se faisait-il qu'elle ait atterri avec moi ? Et disant que c'était pour la vie ? Est-ce que je recelais une parcelle cachée de capacité à lasser, était-ce ça qu'elle trouvait attirant ?

Encore qu'il y ait quelque chose d'attirant dans l'ennui. Une vie sans surprises. Sans changement.

Je n'aime pas le changement.

Nous allâmes dîner chez le charpentier. Il finissait à peine de rénover sa maison. Ça lui avait pris cinq ans. Et il avait adoré ça. Arracher les rampes d'escalier à la main. Poncer les plinthes, changer le châssis des vieilles fenêtres à guillotine. Moi, j'aurais tout arraché et tout remplacé par du chrome. Un truc propre et net, sans recoins. Pour que rien ne puisse se planquer derrière.

Effectivement, ça paraissait merveilleux, mais il dit qu'il y avait toujours de l'humidité dans les murs et de la moisissure dans les fondations. Il nous a lâché cette affaire de pourriture comme si ça ne devait pas gâcher notre perception de ce qu'on venait de visiter.

Quand je sais que quelque chose est pourri, je n'arrive plus à le voir autrement.

Et ensuite, quand elle monta à l'étage, aux toilettes, il me dit que je lui plaisais bien, à lui. Que je lui plaisais et qu'il voulait coucher avec moi.

Je devais avoir l'air éberlué, parce qu'il a répété :

« Je suis sérieux, Maggie, je te trouve vraiment belle. Affriolante. »

Même si j'avais voulu, ça aurait suffi à me refroidir. Impossible de coucher avec quelqu'un qui vous trouve « affriolante ».

— Non, Peter. Je ne pourrais pas. Toute autre considération mise à part, je suis incapable de lui faire un coup pareil.

— Bon, mais il suffit qu'on couche ensemble tous les trois.

C'est là que j'ai su que c'était un enfoiré.

— Non, Peter. Il suffit rien du tout. Non seulement ça me gonflerait au dernier degré, mais ça ne lui plairait pas, à elle. Elle ne prend pas son pied au pieu avec les mecs.

— Mais elle m'a dit…

— Elle avait vingt-deux ans, voyons. Les femmes mentent souvent aux hommes, à cet âge-là. Certaines le font toute leur vie. Elles croient que ça blesserait irréparablement leurs amants de s'entendre dire qu'ils sont nuls au lit.

À présent, il fulminait.

— Je suis pas...

— Comment tu peux savoir ? Parmi toutes ces femmes que tu as séduites avec ta technique suprême, peux-tu être sûr qu'aucune ne faisait semblant ?

— Eh bien... non, mais c'est des choses qu'on sent, non ?

— Ah oui, vraiment ? Est-ce que tu sais ce qu'on ressent quand on est une femme ? Tu sais quel effet ça fait de prendre son pied ? Moi, je sais, parce que j'en suis une. Toi, comment tu pourrais être sûr ?

Il se dégonflait à vue d'œil. Et plus j'enfonçais le clou, plus il s'éloignait physiquement de moi. Non que je souscrive vraiment à ce genre de thèse. Il y a un grand mythe autour des « femmes qui aiment les femmes ». Ça fait vendre beaucoup de livres. Personne ne peut jamais savoir ce que ressent un autre individu. Mais c'est un argument extra quand on a affaire à un homme de Cro-Magnon.

Après quoi la femme taillée comme Isabella Rossellini, nettement éméchée, descendit l'escalier à pas vacillants pour venir s'asseoir à côté de moi. En me tenant la main et en embrassant de temps à autre mon épaule gauche. Et on évoqua la pluie et le beau temps à trois durant une heure encore environ, puis il fut temps de rentrer chez nous. Elle était en train de monter dans la voiture et je me retournais pour dire au revoir sur le seuil de la maison. Je levai la tête vers Peter et constatai, stupéfaite, que M. L'Insipide-Ennuyeux avait disparu corps et biens. Il me saisit le poignet, serra très fort, et cracha : « Tu te trompes, ça lui plaisait vraiment. Elle n'a jamais simulé quoi que ce soit. »

Là-dessus, il se trompait. Peut-être qu'elle avait pris

son pied avec lui. Ses souvenirs à elle, ce qu'elle me racontait de sa médiocrité au lit, s'étaient peut-être embrumés avec le temps. Mais elle simulait. Beaucoup.

Nous rentrâmes à la maison, les vitres de la voiture grandes ouvertes sur le vent frais, et fîmes l'amour de façon lente, nonchalante. Je mis du temps à jouir et quand l'orgasme arriva, ce fut bref et presque pas plaisant. Et une nouvelle fois, je m'étonnai qu'une femme aussi époustouflante puisse avoir apprécié, et même aimé, un homme aussi falot.

Jusqu'à ce que je me rappelle la force avec laquelle il m'avait saisi le poignet, et l'expression de son visage sur le seuil de la porte, et je pris conscience qu'elle aussi, peut-être, avait vu cela avant, cette colère. Peut-être que ça lui avait plu.

Je crois que oui.

Seule une des amantes posa problème. Elle désirait qu'on soit amies. Je ne voulais même pas faire sa connaissance.

Victoria Cook. C'était une artiste.

Elle l'est sans doute encore, mais on ne s'envoie pas de vœux.

C'était une peintre qui exposait dans de petites galeries essentiellement tenues par des femmes. Et après que l'on eut passé environ un an et demi ensemble, Victoria Cook décréta qu'elle voulait être notre amie. La mienne.

Dolores la connaissait, via un groupe de femmes artistes dont elle faisait partie dans le temps. Elle la trouve bizarre. Et pour que Dolores trouve quelqu'un bizarre, il faut vraiment que ce soit quelqu'un de très étrange. Cependant, à l'instar de presque tout le reste du monde, Dolly trouve Victoria très, très belle. Chouette, charmante, bien fichue et gracieuse. Tout ce que j'ai toujours voulu être et ne suis jamais devenue, étant trop petite, trop bruyante et trop « mignonne ». Mignonne, c'est bien, mais ce n'est pas gracieux. Et malheureusement, Victoria n'est pas le genre de femme à éviter ses ex à tout prix. Elle « cultive les relations ». Elle apporte ses problèmes chez son thérapeute et met au point une « tactique anti-difficulté ». Après être restée à l'écart un bon moment, Victoria a pris conscience d'avoir un problème avec le fait que j'étais la nouvelle, et élaboré une stratégie impliquant que je devienne sa nouvelle amie.

J'aurais préféré qu'elle reste à distance. Je ne voulais pas déjeuner avec le diable, même avec une cuiller à long manche. Mes démons, je les préfère à leur place naturelle, pelotonnés dans le placard avec les squelettes.

Victoria voulait parvenir à un accord avec moi. Ce qui signifiait me faire partager l'histoire de sa vie avec la femme taillée comme Isabella Rossellini. Elle dut me confier leur histoire, alors que j'aimais à croire qu'il n'y avait aucun passé derrière moi. Victoria nous invita toutes les deux à déjeuner, et à passer boire un verre une fois. Je m'y rendis, et eus à chaque fois l'impression d'arriver en retard pour l'exécution de ma propre relation. Elles avaient passé à peine sept mois ensemble, et comme la majeure partie du temps en question Victoria était occupée à « mettre au point une installation », elles n'avaient pu se voir plus d'une ou deux fois par semaine.

— Et tu sais, Margaret, je n'ai jamais vraiment eu l'impression d'avoir des droits sur elle. J'ai toujours eu le sentiment qu'il y avait quelque chose en dehors de moi.

J'ai toujours envie de frapper les gens qui m'appellent Margaret, c'est systématique.

— Il faut dire que tu étais très prise par ton travail, Victoria.

— Oui, mais j'ai toujours eu la sensation qu'elle ne s'investissait pas autant que moi dans la relation.

Ce manque d'engagement avait conduit Victoria à rompre, avec un petit mot demandant d'éviter tout contact durant six mois.

« Pour me donner le temps de voir la réalité. »

Au cours de ces six mois, la femme taillée comme Isabella Rossellini m'avait rencontrée, et c'était moi qui étais devenue sa réalité. Nous vîmes Victoria à trois reprises, et chaque rencontre conduisit à d'énormes disputes entre nous.

— Écoute, Maggie, tout ce qu'elle veut, c'est faire connaissance avec toi. Tu ne peux donc pas lui accorder ce plaisir ?

— Je n'ai aucun plaisir à songer que tu as pu être avec elle. Qu'y a-t-il de plaisant à ça ?

— Ça remonte à des années, je suis avec toi maintenant. Et c'est ça que je veux. Enfin bon sang, je n'ai jamais passé autant de temps avec qui que ce soit d'autre !

Plus j'entendais parler de Victoria, plus je me sentais menacée. Je sais que la jalousie rend repoussante, j'essayais de m'en défaire – mais c'était un vœu pieux : essayez de la chasser, elle revient au galop.

Les vœux pieux, c'est pour la petite souris qui met des pièces d'or dans votre lit quand une dent tombe.

Lorsque Victoria prit conscience que je ne jouerais pas le jeu selon les règles préconisées par sa thérapeute, elle s'effaça de notre vie, en quelque sorte. Lentement, comme la croûte qui se détache d'une plaie particulièrement mauvaise. J'ignore si elle manquait à la femme taillée comme Isabella Rossellini. Mais elle m'avait, moi, après tout, et je peux suffire à n'importe quelle femme.

Enfin, je devrais.

Et la quatrième amante, c'était moi. Je le suis encore.

10

Le marathon de New York

Le froid régnait à New York. Le froid tout particulier qui a cours dans cette ville. C'est-à-dire plus bas en termes de thermomètre qu'à Londres, mais la friction locale donne l'impression qu'il y fait quasiment neuf fois plus chaud.

Saz arriva tard dans la soirée du vendredi et passa le week-end avec Caroline, à faire du patin à glace dans Central Park, et la queue dans un quasi-blizzard afin d'obtenir des billets pour une opérette moderne à *La Mama*. Elles burent des litres d'expresso, mangèrent des quantités immodérées de *donuts* et plus encore de *bagels*, après quoi Saz passa le dimanche après-midi seule au Guggenheim, à déambuler partout et à évaluer la meilleure méthode d'approche concernant l'hôtel.

Les informations qu'elle avait obtenues durant la semaine, pendant qu'elle se préparait au départ, n'avaient rien de transcendant. « Septembre » avait séjourné dans un petit hôtel privé sur la 43e rue Ouest, et John Clark se souvenait qu'elle avait dit toujours résider au même endroit lorsqu'elle se rendait là-bas. Cela laissait supposer des voyages fréquents. Elle avait ajouté qu'il s'agissait presque toujours d'allers-retours en milieu de semaine, bien que, ponctuellement, ce fût tombé l'un des vendredis où elle n'avait pu honorer leur rendez-vous. Les informations de Gary s'étaient révélées encore moins utiles et avaient induit une perte de temps bien pire. Après avoir passé en revue chacun des deux cents noms qu'il lui avait communiqués, obtenu la description physique des défuntes à partir de toutes les sources possibles – lieu de travail, lycée, archives scolaires –, elle avait ramené la liste à soixante femmes de type européen d'environ même stature et même poids. Qu'elle avait ensuite réduite à seulement vingt mortes blondes, châtain clair ou décolorées dotées d'yeux marron. Après quoi était arrivé le plus difficile : munie des précisions fournies par Gary, elle avait contacté les proches lorsqu'il en était fait mention, s'attelant à la tâche pénible de tenter de soutirer une photo de la défunte à chacun des endeuillés. Dans la plupart des cas, elle s'était présentée comme une ancienne camarade de classe ayant lu l'avis d'obsèques, et bouleversée de n'avoir pu assister à l'enterrement. Iraient-ils jusqu'à se séparer d'une photo de Julie/Sally/Diane, juste pour quelques heures, afin de lui permettre d'aller faire une photocopie couleur ? En général, la famille s'était montrée obligeante et aimable, ajoutant encore plus au sentiment de culpabilité de Saz. Quand ils renâclaient, elle approfondissait ses vérifications afin d'obtenir un portrait tiré d'un journal scolaire, ou des services de sécurité du lieu de travail. Au bout du compte, elle tenait dix-huit photos, et après que John Clark les eut passées en revue une par une quelque chose comme cinq fois, pour malgré tout affirmer qu'aucune d'elles n'était Septembre, Saz avait obtenu que Judith l'amène à la morgue voir s'il pouvait identifier l'une des deux blondes toujours étendues là, anonymes, glacées et sans sépulture, au bout de quatre semaines. Peine perdue.

— Donc, John, aucune de ces blondes aux yeux marron n'est Septembre. Voyons, ça pourrait signifier plusieurs choses. Je vais être brutale : il se peut qu'elle soit morte ailleurs. Or, vous aurez peut-être du mal à me croire, mais je n'ai pas accès à tous les registres de décès du monde… Quoique ce que je trouve beaucoup plus probable, c'est qu'en réalité elle vous a escroqué, vous a pris votre argent, et…

— Elle ne ferait pas une telle chose.

— Comment pouvez-vous en être si sûr ?

— Je la connais…

— Vous ne savez même pas comment elle s'appelle !

— Ce sont des choses qu'on sait ! Comprenez-moi bien. C'est vrai que j'ignore son nom, mais elle, je la connais. Elle ne me tromperait pas. Elle a des ennuis et je persiste à vouloir que vous la trouviez.

— Écoutez, John, je ne pense pas que ce soit dans vos moyens. Vous n'avez pas de travail, or pour approfondir un tant soit peu les recherches, il faudrait que je parte à New York. Ça va coûter deux cents livres rien qu'en billets d'avion.

— Allez-y, je vous dis. Elle a besoin de moi.

John Clark paraissait animé d'une idée fixe. Envolé, le monsieur gris que Saz avait rencontré deux semaines auparavant : cet homme-ci était habité, habité par l'idée de faire revenir Septembre, de dîner avec elle un vendredi soir sur deux, peu importe si cela devait se révéler le repas le plus cher de sa vie.

C'est ainsi qu'elle s'était retrouvée, en ce début de soirée de lundi, devant un « hôtel privé ». Et elle était plantée là depuis près d'une heure, à consulter son plan, à regarder frénétiquement sa montre comme si elle attendait quelqu'un, tout en observant les gens qui entraient et sortaient. Entraient, essentiellement. Et pour l'essentiel, des hommes. Et tous extrêmement bien habillés. Ravie d'avoir pensé à amener des vêtements rupins, elle finit par décider d'entrer à son tour.

Elle ôta son manteau pour révéler un tailleur simple, mais très bien coupé, très femme d'affaires, ôta ses tennis et sortit ses escarpins de leur sac en plastique comme n'importe quelle yuppie new-yorkaise, et avança jusqu'à la réception en adoptant sa voix la plus chabada.

— Hum, pardonnez-moi, pourriez-vous par hasard me rendre un service?

Le réceptionniste leva les yeux, visiblement étonné de cet accent anglais chez la nénette qu'il reluquait depuis une demi-heure à travers la porte.

— Lequel, madame?

— Eh bien, malheureusement, j'avais rendez-vous avec un certain... euh, M. Hannon. Patrick Hannon, dit Saz, invoquant, comme toujours dans des moments de stress, son grand-père paternel. Il avait dit six heures et demie, or cela fait presque une heure que j'attends dehors. Il fait vraiment un froid terrible, et je me demandais si vous accepteriez de me laisser l'attendre ici un court moment. Vous avez bien un salon?

— Désolé, madame, je ne connais aucun M. Hannon. S'agit-il de l'un de nos membres?

— Membre? Oh! eh bien, je l'ignore. Je suis absolument désolée, je ne dois passer que quelques jours à New York, et il a proposé que nous prenions un verre ensemble. Je me suis dit qu'il devait fréquenter cet hôtel...

— Non, madame. Vous n'êtes pas dans un hôtel, mais dans un cercle de jeux. Cela dit, si vous voulez bien attendre une petite seconde, je vais demander à quelqu'un de prendre ma place, et monter voir s'il ne serait pas en Mars, le salon des nouveaux membres.

— Pardonnez-moi, mais... vous avez dit en Mars?

— Oui, je sais, c'est ridicule, mais nous avons douze salles, une par type de jeu, voyez, et chacune porte un nom de mois. Par exemple, pour le black-jack, c'est Octobre, la roulette, Janvier, le poker,

Juillet… Et il y a une pièce qui sert juste de salon, disons. C'est ça, Mars.

— Eh bien, quelle… quelle idée intéressante. Mais écoutez, je ne veux pas vous déranger plus longtemps, et pour vous dire la vérité, M. Hannon est mon ex-mari, donc puisqu'il ne peut pas se débrouiller pour arriver à l'heure, j'ai sûrement mieux à faire de mon temps que rester assise à l'attendre !

— Vous tenez le bon bout, ma belle !

À ce stade, comme le réceptionniste en était presque à embrasser les pieds de Saz, celle-ci décida de pousser sa chance un brin plus loin.

— Alors, comment… hum… comment adhère-t-on à ce cercle ?

— On doit être invité, jeta une voix glacée derrière elle. Saz se retourna pour voir campé devant elle un grand gaillard impeccablement vêtu, tenant à chaque bras une belle femme ; ces dernières avaient les yeux d'un marron des plus prononcés et, bien que l'une fût noire, arboraient toutes deux la même longue tignasse blonde.

— Charlie, que fait cette dame ici ?

— Elle attendait juste quelqu'un, monsieur. Un certain M. Hannon.

— Et vous lui avez dit que nous n'avions personne ici de ce nom, je présume ?

— Eh bien, je m'apprêtais justement à aller vérifier dans le salon des nouveaux membres, monsieur…

— Pas besoin, nous n'avons aucun M. Hannon.

— Oui, monsieur James. Désolé.

— Vous pourriez sans doute appeler un taxi pour cette dame et reprendre votre travail ?

— Oui, monsieur. Immédiatement, monsieur.

Charlie décrocha le combiné et Saz observa la sortie majestueuse de M. James et des deux femmes, lesquels grimpèrent l'escalier sans lui accorder plus d'attention. Elle se retourna vers Charlie et, priant

pour qu'il redoute moins son patron qu'il ne la désirait elle, lança : « Ne vous inquiétez pas pour le taxi,
Charlie, j'ai une voiture. Mais je vais vous laisser ça… »

Saisissant deux cartes dans la pile posée à côté de
lui, elle griffonna le numéro de Caroline sur la première et cacha la seconde sous sa paume.

— Je suis hébergée chez une amie. N'hésitez pas à
m'appeler pour passer un moment ensemble. Je ne
connais pas tant de gens que ça à New York et on
s'ennuie vite, il faut bien l'avouer… qui plus est, mon
amie travaille durant la journée…

Elle déposa la carte devant lui avec lenteur, afficha
son sourire le plus provocateur et passa lentement la
porte d'entrée, sans cesser de remercier sa mère pour
ses cours particuliers de flirt – aussi malsains soient-ils
côté idéologique. Dès qu'elle fût suffisamment loin de
la façade du bâtiment, elle changea de chaussures et se
mit à courir. Ce n'est qu'une fois revenue dans le métro,
en route pour l'appartement, qu'elle retourna la carte.

CALENDAR GIRLS
– Hôtel Privé –
Satisfait le moindre de vos besoins,
et ce toute l'année.
Réservé aux membres.

Saz laissa échapper un petit sifflement.
« Eh bien, ma jolie petite Septembre innocente, je
me demande ce que John Clark dirait de ça ! »

Cette nuit-là, elle évoqua le sujet avec Caroline au
moment d'aller se coucher.

— Excuse, Saz, mais ça me fait plutôt l'effet d'un
bordel que d'un casino. Des filles attifées en vamps
blondes, des salles qui ont des noms de mois…
— Mais j'ai vu des hommes entrer avec des femmes
au bras.

— Il y a des couples zarbi à New York !

— Je ne sais pas. Ça ne donnait pas l'impression d'une maison de passe. Ça avait l'air assez classe – enfin, pas de velours rouge sur les murs, quoi.

— Je ne te parle pas d'une maison de passe, plutôt d'un bordel de luxe. Ou alors, il pourrait s'agir de drogue, tiens.

— Tu crois ?

— Ouais, pourquoi pas ? Une pièce pour chaque « drogue mondaine », comme on dit chez nous, en Amérique.

— Carrie, ça fait à peine trois semaines que tu es là !

— Quand Christophe Colomb a baptisé cet endroit, il n'était arrivé que depuis vingt-quatre heures.

— Cela dit, tu as peut-être raison, une de ces filles, la blonde naturelle... Elle avait vraiment des yeux bizarres, d'un marron incroyable, et ses pupilles étaient complètement dilatées.

— Probablement des lentilles colorées, pas de la coke. Ton M. James ne va pas gâcher sa marchandise en la distribuant à ses employées – enfin, pas tant qu'elles sont au turbin.

— Pardon ? Tu as dit quoi ?

— Qu'il n'allait pas gâcher de la bonne drogue...

— Non, pas ça. L'histoire des lentilles de contact.

— Ben, réfléchis une minute. Si c'est une vraie blonde, il y a quand même très peu de chances pour qu'elle ait naturellement les yeux marron. Pas impossible, mais peu probable. J'ai toujours eu de très bonnes notes en biologie, ma chérie, souviens-toi.

Et effectivement, Saz se souvint. Des paroles de John Clark. Septembre, avait-il dit, avait les yeux si sombres qu'il était difficile de déterminer leur couleur exacte, on avait parfois l'impression que sa pupille lui mangeait tout l'œil. Saz se donna silencieusement un coup de pied mental pendant que la respiration de Caroline adoptait un rythme régulier à son côté. Qu'il s'agisse de coke, de lentilles de contact, ou des deux, ça rendait caduques les informations fournies par Gary. Ça impliquait aussi forcément que M. James était au courant de quelque chose, et la personne la plus à même d'aider Saz était Charlie. Restait à espérer que son charme opère mieux sur lui que sur Caroline, qui commençait à ronfler doucement à son côté.

11

Du gâteau, sans bougies

Elle travaillait en tant que guide touristique. Pas le truc traditionnel, genre « et voici la cathédrale Saint-Paul » du haut d'un bus à impériale, non, guide particulier. Elle emmenait des familles entières dans sa voiture ou, s'ils étaient trop nombreux, dans un minibus spécialement loué pour l'occasion. Généralement des voyages vers quelque région réputée pour sa beauté, ou son histoire : Stonehenge, Bath, les Lacs. Les clients étaient principalement américains, parfois français ou allemands. Elle connaissait sur le bout des doigts la plupart des lieux touristiques, mais s'ils avaient des désirs particuliers, elle passait des soirées entières à la bibliothèque, potassant tout ça. Il lui arrivait de rester plus longtemps, les amenant jusqu'à Edimbourg ou descendant à Paris, ou à Amsterdam. Lorsqu'elle était forcée de passer la nuit ailleurs, ma récompense était en général une bouteille de vin remarquable, ou un très bon fromage des Pays-Bas. La plupart du temps, elle ramenait aussi telle ou telle sorte *d'objet d'art**. Généralement quelque affreuse babiole pour touristes que ses invités lui avaient achetée pour lui rap-

---

* En français dans le texte. (N.d.T.)

peler leur formidable séjour ensemble. Fort heureusement, elle se débrouillait pour en casser ou en perdre la plupart au bout de quelques mois. Lorsqu'elle n'avait pas de visites, et la majorité était en milieu de semaine, elle se rendait à son bureau préparer la prochaine mission ou prendre des réservations futures. Son travail m'a paru terriblement séduisant, je le répète, la première fois que je l'ai entendue l'évoquer. En réalité, les trois quarts du temps, elle rentrait à la maison épuisée et devait passer plusieurs jours à récupérer. Enfin, ça payait les factures – toutes, ainsi que ma part, ou presque. Et ça la faisait sortir de la maison. J'espérais avoir droit à un voyage surprise pour mon anniversaire, mais ce ne devait pas être le cas.

C'est là que j'ai découvert qu'elle mentait.

C'était la troisième fois que nous allions fêter ensemble mon anniversaire, mais la première où ça tombait un vendredi. Pas l'un de ceux qui m'étaient alloués, mais je supposai qu'elle le passerait tout de même avec moi. Je supposais mal.

— Comment ça, tu vas chez tes parents ?
— Si, j'y vais. C'est leur soirée à eux. Une des leurs. Je vais TOUJOURS chez mes parents trois vendredis par mois, tu le sais bien.
— Mais c'est mon anniversaire !
— Je prendrai une journée de congé. Faire l'aller-retour jusqu'à chez eux ne me prendra que quelques heures. Je te retrouverai en ville.
— Non.
— Je serai de retour avec toi à la maison pour neuf heures et demie.
— Non.
— Très bien. Dans ce cas, j'apporte le dîner. Je vais le prendre chez ton traiteur préféré. Et on pourra

boire du champagne. Enfin, toi. On va se louer une vidéo. Et on pourrait aller en boîte. Tu as toujours envie d'aller danser, tu sais bien.

Exact. Je voulais toujours aller en boîte et elle promettait toujours de venir avec moi, pour se découvrir ensuite trop fatiguée aux alentours de dix heures et demie du soir.

— Non, je veux être avec toi. C'est mon anniversaire, merde ! Je veux que tu sois là. Qu'est-ce que je vais faire toute seule pendant quatre heures ?

— Mais enfin, Maggie, tu es une grande fille ! Tu as des amis, appelle quelqu'un, vois si Dolores a envie de sortir, je te rejoindrai après…

— C'est ça. Super idée ! Formidable ! Tu veux que je dise quoi ? « Salut, Dolly, c'est Maggie. Tu te rappelles que tu m'as toujours dit que ça ne marcherait jamais ? Eh bien tu avais raison. C'est mon anniversaire et elle est partie chez papa-maman. Non, aucune chance pour qu'ils me transmettent un cadeau. » Pour le coup, ce serait comme sur un plateau pour Dolores, non ? Je la vois d'ici rappliquant à la maison, les cuisses grandes ouvertes pour me consoler.

— Tu n'as pas besoin d'être aussi vulgaire, et de toute façon tu sais que Dolores est bien trop amoureuse pour faire ça, même le jour de ton anniversaire !

Elle avait raison. Dolores était tombée à la renverse devant une femme merveilleuse. Une jardinière paysagiste. Païenne, qui plus est. Voilà donc que même ma confidente privilégiée n'était plus aussi libre qu'avant.

— Là-dessus, tu as raison. Alors, tu veux que je fasse quoi ? Que je reste à la maison à jouer les gentilles petites épouses jusqu'à ce que tu sois prête à rentrer me culbuter ? Ou alors je ferais peut-être bien de venir avec toi ?

Ça, ça l'atteignit. Elle eut l'air de craindre sincèrement que je tienne à m'y rendre avec elle. À tel point, en fait, qu'il ne lui vint même pas à l'esprit que je ne pouvais sensément pas faire tout le trajet jusqu'à Golders Green pour le simple plaisir de me voir insulter par ses parents. Elle ne se rendait même pas compte que je n'étais pas sérieuse, tant elle avait peur. Les protestations commencèrent.

— Mais tu ne peux... je veux dire, ils ne te laisseraient pas faire ça.

— Si j'arrivais au débotté, ils n'auraient pas tellement d'alternatives, non ? Ils ne feraient quand même pas un scandale devant les voisins ?

— Eh bien, non... Mais tu ne peux pas faire ça. Ce n'est pas juste...

— Pas JUSTE ? C'est MON anniversaire !

— Alors ce n'est pas possible, point à la ligne. Je refuse de t'amener.

— J'irai par mes propres moyens. Je débarquerai sans crier gare et je frapperai à la porte. Non, à la réflexion, j'irai tôt, avant que tu ne sois sortie du travail, comme ça je t'attendrai sur place. J'ai l'adresse. Oui, c'est ça. Je vais y aller seule. De toute façon, il est grand temps que je rencontre la belle-famille.

À ce point de la conversation, j'étais furieuse, et si hors de moi que je m'en crus presque capable. Capable de braver leur colère et leur haine. Et elle s'écroula devant moi. Littéralement. Comme un ballon de plage qu'on vient de crever. Elle se recroquevilla à mes pieds et me supplia de ne pas le faire. De ne pas y aller. Disant qu'elle allait annuler. Qu'elle resterait avec moi, que sa mère ne pourrait pas le supporter, qu'elle était désolée, qu'elle s'était montrée égoïste, qu'elle ne savait pas que ça importait tant à mes yeux. En vérité, moi non plus. Elle dit qu'elle passerait toute la journée avec moi, et toute la soirée, et la moindre minute de son temps. La seule chose, c'est qu'elle me suppliait de ne pas me rendre chez ses parents.

Elle me supplia.

Et parce que j'avais le choix, parce que je maîtrisais la situation, parce que c'était ma décision à moi, je dis que je n'irais pas.

— Ne sois pas idiote, ma chérie, je n'ai aucune intention de le faire, bien sûr. Franchement, je ne vois rien de moins drôle. Et puis de toute façon, maintenant que j'y pense, Dolores a dit qu'Annie organiserait peut-être une fête, alors je crois que je vais y aller. Tu pourras passer me prendre ensuite. Je préfère, vraiment, et puis de toute façon, comme tu l'as si bien dit, on passe tout le restant de notre vie ensemble.

Elle me détesta pour ça. Mais elle ne parvenait jamais à me prendre en grippe très longtemps. Parce que je n'y arrive jamais de mon côté, et que je ne laisse personne autour de moi rester longtemps en colère. Moi, je me mets dans une fureur noire, fulgurante, et ensuite c'est fini. Comme s'il n'y avait jamais rien eu, hormis les marques de brûlure, là où le fer rouge de ma rage a marqué quelque chose ou quelqu'un.

Elle sembla très effrayée (une peur marquée) durant un jour ou deux et puis, lorsqu'elle prit conscience que je ne mettrais pas ma menace à exécution, la vie reprit son cours normal.

Comme c'est toujours le cas.

Le jour se leva frisquet et ensoleillé sur mon anniversaire, avec une forte bise portant des promesses de journée claire. Je m'éveillai dans ses bras et me mis à faire l'amour en cette nouvelle année de ma vie, toute souffrance de la semaine précédente remisée.

À faire l'amour pour cette nouvelle année avec mon amour.

À neuf heures et demie, j'appelai au bureau pour dire qu'elle était souffrante, tandis qu'elle réchauffait des croissants et versait le café tout frais. On se déplaça jusqu'au salon pour avoir du soleil et s'étala sur des coussins et une couette afin de regarder Catherine Deneuve dans *Les Prédateurs*, tout en satisfaisant notre faim à nous. Il était tôt, pas encore midi, lorsqu'elle m'amena de quoi m'habiller. Des vêtements fonctionnels, chauds. Ensuite elle me guida jusqu'à la voiture, où elle me mit un bandeau sur les yeux et me fit allonger sur le siège arrière.

J'ai quand même eu mon voyage, au bout du compte.

Je succombai à cet ordre sans rechigner. Une petite gâterie me fera toujours craquer, si j'en suis le centre.

C'est quand l'événement ne tourne pas autour de moi que j'ai besoin de tout maîtriser.

Elle roula environ deux heures, passant mes cassettes préférées, je perdais la notion du temps, au rythme de ce qu'elle me faisait écouter. Nous arrivâmes à la mer, que je reconnus au bruit et à l'odeur. Elle vint fredonner à mon oreille à l'arrière de la voiture, puis me mena jusqu'au rivage. Je lui appris l'art du ricochet. À faire glisser et sauter les pierres juste au-dessus de la surface de l'eau, elles décrivent une courbe comme si elles voulaient te revenir juste avant de couler corps et biens. Elle me révéla le nom de telle et telle algue et nous sortîmes des coquillages de leur lit pour nous raconter mutuellement l'histoire des petits crabes qui habitaient dedans.

— Lui, il s'appelait Bernard Crabe. Quand sa petite amie lui a annoncé qu'elle était enceinte, il s'est échappé dans la mer… et il s'est fait ermite !

— Je te présente Mlle Caroline Crabe. Avant, tous les autres crabes la détestaient parce qu'elle était trop grosse et trop laide pour pouvoir tenir dans les vieilles coquilles, et elle avait toujours les pinces trop dures et trop maladroites. Or un jour, alors qu'elle regardait dans l'Annuaire des crabes et crustacés, elle a découvert qu'elle n'était pas du tout un crabe, mais un beau bébé homard.

— Alors, elle a grimpé tout heureuse dans une marmite d'eau bouillante et le reste de sa vie n'a été que délices.

— Maggie ! Comme c'est cruel !

La femme taillée comme Isabella Rossellini ne peut pas savoir. Elle mange des sandwiches au bacon, mais ni coquillages, ni aucun produit de la mer. Ce n'est pas tant une question de diététique que d'allergies.

Moi, je ne suis allergique qu'à très peu de choses. Mais quand je fais une crise, ça saute aux yeux.

Elle amena le déjeuner, sorti du coffre de la voiture. Fromage et pain, olives et houmous, et de la salade, des fruits, de la glace encore givrée, du chocolat, ainsi que du champagne pour moi et de la bière pour elle. Nous pûmes ainsi manger, boire, et nous repaître l'une de l'autre et de cette journée, jusqu'à ce qu'arrive le milieu de l'après-midi et qu'il soit temps de rentrer. Cette fois, je regardai le chemin du retour. Observai ses mains sûres et fermes dirigeant la voiture, presque comme quand elles me dirigeaient moi. Sûres, fermes, et atteignant toujours leur but : le mien.

J'ai les mains qui tremblent.

Elle me ramena à la maison, où on se lava et s'habilla. Elle pour ses parents, moi pour faire un maximum d'effet. Ensuite, elle me déposa à la maison d'Annie, sur le chemin de celle où elle avait grandi.

J'entrai, précédant de près de trois heures la plupart des autres invités de la fête. Annie et Dolores étaient à l'étage. Dolores s'habillait. Je m'en rendis compte aux cris qui provenaient de la chambre.

« Non. NON NON NON ! C'est horrible. Je les hais. Je hais tous mes vêtements. Ils sont hideux. Horribles. Je les déteste ! »

C'était une lamentation que j'avais entendue au moins trois fois par semaine dès le jour où j'avais rencontré Dolores. Le frère d'Annie me fit entrer et m'amena à la cuisine prendre un café. Annie et son frère dirigeaient ensemble la boîte de paysagisme. Elle, elle était sortie du placard à l'âge de dix-sept ans et avait opté direct pour le jardinage. Lui était allé à Oxford, avait épousé une crème, été « quelqu'un de respecté », père de trois enfants et chouchou de ses parents. Après quoi, alors qu'il avait quarante-trois ans, son épouse rêvée était morte, et lui et les trois adolescents, qui n'avaient jamais rien fait de plus à la maison que se préparer une tasse de café, avaient découvert qu'ils ne pouvaient supporter ni leur peine, ni le ménage. Annie avait viré son collectif de colocataires pour intégrer sa famille dans les murs. Cela faisait cinq ans qu'ils vivaient heureux en smala, et leur peine s'atténuait ; Keith tenait les comptes et s'occupait des plannings, tandis qu'Annie effectuait le terrassement avec l'aide occasionnelle de l'aîné des fils. Et maintenant, non sans joie, les colocataires de Dolores leur avaient légué cette dernière de façon semi-permanente. Keith me présenta un café et je lui offris ma compassion, fleurie et imagée.

— Sincèrement, Maggie, ce n'est pas que je ne l'aime pas – comment pourrait-on ne pas l'aimer ? Je l'adore. Et les gamins s'en sont complètement entichés. Normal, elle est absolument adorable. C'est juste que… bon, je sais que c'est une amie à toi, mais elle… elle est tellement…

— Barge ?

— Oui. Et puis elle ne fait jamais la vaisselle.

— Ça, c'est tout Dolly, Keith. Et elle est aussi nulle question habillement.

Le temps qu'Annie finisse par forcer Dolores à descendre (porteuse d'une des robes de cocktail à paillettes de sa défunte grand-mère), d'autres gens commençaient à arriver. L'éventail d'invités était toujours éclectique, dans les fêtes d'Annie. Bien qu'elle ne fût que depuis peu avec Dolores, nous la connaissions toutes les deux depuis des années, donc une bonne partie de mon existence aussi se montra à cette fête. Vers neuf heures, tout le monde était là. Deux de mes ex-amantes, le fils de Keith et sa petite amie, ses filles et leurs petits amis (vérité universellement reconnue, les adolescents, lorsqu'ils ont été élevés par des couples « alternatifs », émergeront avec des partenaires beaucoup plus adaptés aux goûts de leurs aïeuls que de leurs géniteurs), la mère de Keith, toutes nos ex-colocataires, une demi-douzaine de couples homme/femme, tout cela saupoudré d'une pincée de lesbiennes londoniennes (un contingent époustouflant de Brixton, en minijupe et chaussures à semelles compensées, et des filles de Stoke Newington avec Docks et clebs). Et malgré ce gigantesque groupe de gens, cette tonne de vieux amis et le gâteau monstrueux préparé de ses petites mains par Dolores (pas de bougies, mais trois bâtons d'encens – la réalité telle que la voit Dolores !), malgré tout ça, je voulais toujours ma chérie. Voulais qu'elle me souhaite un bon anniversaire ; qu'elle me le chante ; qu'elle me serre dans ses bras. La voulais, elle.

J'ai choisi ce moment pour le faire. J'ai avancé jusqu'au téléphone. Décroché. Composé leur numéro. Et immédiatement raccroché. Ils ne voudraient pas me laisser lui parler, bien sûr. Ils allaient me raccrocher au nez. Alors j'ai saisi Keith par les épaules. Je l'ai fait appeler. Un homme demandant après elle, ça ne pouvait que les tranquilliser. Elle me remercierait et pourrait aussi me parler. L'idéal.

Keith composa le numéro selon mes instructions. Il me fit signe qu'on répondait. J'entendis résonner une voix masculine. Il la demanda. On parla à l'autre bout du fil, puis Keith dit au revoir. Il raccrocha.

— Hum, désolé, Maggie, mais c'était son père. Il dit qu'elle n'est pas venue. De la soirée. En fait, ça fait plusieurs semaines qu'ils ne l'ont pas vue. Il préconise d'essayer chez elle.

J'appelai à la maison, mais il n'y eut pas de réponse, bien entendu. Je demandai à Keith de n'en dire mot à personne, et l'envoyai me chercher un autre verre de vin. Je sortis de la maison pour m'asseoir, patienter. Et réfléchir. Je n'eus pas longtemps à attendre. Il ne s'était pas écoulé cinq minutes que la voiture tournait au coin du carrefour, et que je prenais ma décision. C'était ma fête et je n'avais pas envie de pleurer. Comme je n'étais pas prête à me disputer, je décidai de ne rien dire. Peut-être était-elle partie m'acheter mon cadeau. Je rentrai dans la maison en courant pour dire au revoir, puis me précipitai jusqu'à la voiture.

— Ne retournons pas là-bas. Je veux être juste avec toi. Rentrons tout de suite à la maison.

— OK, miss Anniv', comme tu voudras.

Sur le chemin du retour, elle me raconta sa soirée. Comment sa mère lui avait demandé des nouvelles de son travail, et son père s'était contenté de grogner quand elle avait courageusement mentionné mon nom ; et elle m'avait volé une nouvelle bouteille de champagne dans la cave.

Et je me contentai de sourire, de hocher la tête, et d'avaler son histoire. Comme j'acceptai son cadeau – une belle, grosse bague en argent avec une pierre ovale en onyx. Alors même que je me demandais comment elle avait pu se permettre une telle dépense, elle me la mit au doigt.

— Maggie, pardonne-moi de n'avoir pas pu être avec toi ce soir. Mais j'ai pensé à toi tout le temps, crois-moi.

Je la laissai m'embrasser et tentai de lui rendre son baiser. J'avais l'impression que mon corps était avec elle, tandis que mon âme était partie pour le troisième cercle de l'Enfer. Je lui rendis son baiser, et la serrai très fort, comme si en l'étreignant je pouvais empêcher que pénètre cette écharde acérée qui venait s'insérer entre nous, qui venait m'entailler. Me blesser.

Impossible, bien sûr. Une fois entré, ça ne pouvait que pénétrer plus profond, jusqu'au moment où ça passerait enfin de l'autre côté, et où la plaie nettoyée pourrait cicatriser.

Elle me caressa les cheveux durant des heures, cette nuit-là. Ses dernières paroles avant de s'endormir furent : « Je veux rester avec toi tout le reste de ma vie. »

Et elle est restée.

12

L'échappée belle

Saz n'eut pas longtemps à attendre avant que Charlie ne se manifeste. Elle fut réveillée par la sirène perçante d'un coup de téléphone à sept heures du matin.

« Hé, euh, ouais... Pourrais-je parler à Mme Hannon, s'il vous plaît ?

— Madame qu... Oh, oui, pardon, c'est moi. »

Saz retrouva son accent et sa contenance.

— C'est Charlie ?

— Ouais, euh, vous m'avez dit de vous appeler... Je sais qu'il est tôt, mais je n'ai pas beaucoup de temps.

— Non, bien sûr... Ne vous en faites pas, Charlie. J'espérais effectivement que vous appelleriez. J'aimerais que l'on puisse se voir. Rapidement. Aujourd'hui. Je viens juste de me réveiller, le fait est, mais...

— Eh bien, pourquoi on ne prendrait pas le petit déjeuner ensemble ? Je ne reprends pas avant quinze heures, ça devrait nous laisser plein de temps devant nous.

Saz convint de le retrouver à dix heures, en espérant que cinq suffisent – c'était sans doute long pour ce à quoi songeait Charlie, mais pas pour obtenir de lui tout ce qu'elle voulait savoir.

Elle revêtit sa tenue la plus séduisante – pour l'essentiel empruntée à Caroline – et, avec la décontraction que conférait une semaine à New York aux frais de John Clark, héla un taxi.

Elle arriva au café un quart d'heure en avance, souhaitant s'y trouver avant Charlie pour se constituer un emplacement privilégié qui lui donnerait plein de place pour ramper jusqu'à elle. Elle commanda du café pour deux et un croissant pour elle. Elle n'eut pas à attendre longtemps. Charlie s'était visiblement mis sur son trente et un pour la circonstance. Ses chaussures reluisaient du même éclat que ses cheveux noirs gominés et il arriva armé d'un petit bouquet de violettes.

— Pour vous. J'espère que vous aimez.

Saz se sentit presque coupable de l'avoir mené en bateau jusque-là, mais décida malgré tout de poursuivre son histoire.

— Malheureusement, Charlie, il faut tout de suite que je vous révèle quelque chose. Je vous avoue que je vous ai menti.

Le visage en face d'elle s'allongea, mais Saz poursuivit :

— Voyez-vous, M. Shannon n'est pas mon ex-époux. Nous sommes toujours mariés. Et je veux qu'il revienne. C'est pour cela que je suis venue à New York. Pour le ramener à la maison.

Cela parut contrarier Charlie, et plus qu'un peu, mais quand Saz fondit en larmes, sa colère ne pouvait à l'évidence pas durer.

— Hé, pas de ça, allez, ne pleurez pas. Bon sang, je déteste voir chialer les dames. Écoutez, ma belle, dites-moi ce que je peux faire pour vous. Je vous répète qu'on n'a pas de M. Hannon à *Calendar Girls*.

— Non, je sais. Enfin, je veux dire, je vous crois. Mais voilà, mon mari a toujours joué. Surtout à Londres, mais parfois, quand nous étions en vacances, il essayait d'autres… établissements. Or, la dernière fois que nous étions à New York, c'était il y a trois ans, je sais qu'il s'est rendu là où vous travaillez. Il me l'a dit un jour que nous passions devant. Je crois que l'un de ses associés a parrainé son adhésion.

— Eh bien, qui est-ce, cet ami ? Peut-être qu'il sait où se trouve votre mari ?

— Non, le nom ne servira à rien, Charlie. Et ça ne me reviendrait probablement pas, même si j'essayais de m'en souvenir. Mon mari connaît tellement de monde… Quoi qu'il en soit, nous avons plusieurs affaires. Certaines sont à mon nom, d'autres au sien, et d'autres encore au nom de jeune fille de nos mères. Mon mari est un homme d'affaires très avisé. Il connaît toutes les astuces pour échapper au fisc. Il pourrait s'être inscrit à *Calendar Girls* sous quatre ou cinq noms différents.

— Mais je ne comprends pas…

— Écoutez-moi, je vais vous expliquer. Il y a quelques années, il s'est mis à faire des voyages de plus en plus fréquents à New York. Généralement en milieu de semaine. Enfin, il a bien dû y avoir quelques fois où il a passé le week-end ici, ou au moins le vendredi soir. Ensuite, il y a environ deux mois, la vérité est enfin apparue. J'ai trouvé un long cheveu blond sur sa veste, je l'ai sommé de s'expliquer, et il m'a raconté.

Saz prit une profonde inspiration et joua son va-tout.

» Il avait rencontré une fille dans votre club. Il n'a pas donné de précisions. Je pense qu'elle était sans doute anglaise. Quoi qu'il en soit, il voulait la tirer de tout ça et… oh, Charlie, je suis désolée… » Saz se moucha le nez et se tamponna les yeux.

«… Eh bien, nous avons eu une dispute épouvantable, et ensuite j'imagine qu'il a dû l'emmener, parce que je ne l'ai pas revu depuis. C'est la raison de ma présence ici. Parce je suis persuadée que si je peux mettre la main sur cette fille, je le retrouverai sans doute lui. »

Charlie tendit la main vers sa tasse, termina son café et releva les yeux vers elle.

— Vous avez intérêt à ce que ce soit la vérité, parce que sinon on va avoir de gros ennuis, tous les deux.

— Pourquoi ça ? Je ne fais qu'essayer de retrouver mon mari.

— Disons simplement que M. James n'aime pas les gens qui posent des questions, d'ac ?

— Mais vous ne pouvez pas m'aider ?

— Écoutez, tout ce que je peux vous dire, c'est qu'il y avait une Anglaise qui travaillait à *Calendar Girls*, et que c'était une belle femme. Brûlante comme une journée d'été, pour reprendre ce que disait toujours mon grand-père. Il se prenait pour un poète. Il n'était pas poète, c'était un poivrot. Mais bref, en tout cas, c'est pour ça que je l'appelais Juin.

— Juin ? C'est son prénom ?

— Non, madame Hannon. Je ne sais pas comment elles s'appellent. Aucune d'elles. C'est comme pour les salles, certaines filles portent des noms de mois, d'autres de jour de la semaine.

— Je vois.

— Donc. Cette Anglaise. Juin. Ce n'était pas une régulière. Et pas non plus une de celles qui viennent de temps à autre en semaine. On ne la voyait que le vendredi soir, et encore, quatre ou cinq fois par an, mais elle était canon, et futée. Alors, même si elle ne venait pas souvent travailler, M. James était vraiment très heureux quand elle était là. Il disait que personne ne lui arrivait à la cheville quand il s'agissait de leur faire cracher leur fric.

— Leur faire cracher leur fric ?

— Oui, c'est une salle de jeux, bien sûr, mais il faut d'abord les faire venir à la table. Si on les laissait faire, ces types passeraient la soirée à discuter business. Les filles les poussent à commander du champagne. Ils boivent ça par dizaines de litres. Du coup, quand ils se mettent à jouer, ils sont saouls – et la maison ne peut pas perdre. Enfin, très rarement.

— Alors, qu'est-elle devenue ?

— Je sais pas. Il y a eu une grosse engueulade avec M. James et elle est partie en claquant la porte. J'imagine qu'elle a dû lui parler de votre légitime. M. James n'aime pas que les filles fréquentent les clients. Ils se mettent à dépenser leur argent pour des bijoux au lieu de le dépenser chez nous, enfin, d'après ce qu'il dit. Ouais, ça doit bien faire sept ou huit semaines que je l'ai pas vue. Ça colle avec le départ de votre mari, non ?

— Croyez-vous que M. James pourrait savoir où elle se trouve ?

— Peut-être. Il l'avait assez à la bonne. Mais vous n'arriverez jamais à le lui faire dire. Il est très protecteur avec les filles. D'où cette histoire de cheveux blonds et d'yeux marron.

— Oui, j'ai remarqué ça hier.

— Elles sont toutes pareilles. Ça paraît bizarre, des fois, quand on en voit seize ou dix-sept ensemble. Des perruques, du peroxyde et des lentilles de contact. On a des Blanches, des Hispaniques, des Asiatiques – et une ou deux vraies blondes. Ça fait pas lourd. Mais peu importe, elles ont toutes les mêmes cheveux et les mêmes yeux. C'est pour les protéger des clients, d'après M. James. Mais je trouve qu'on dirait les femmes de Stepford* quand on les met toutes ensemble. Ça fout un peu les jetons.

— Charlie, vous venez juste de me souffler une idée excellente.

---

* Roman, puis film de SF satirique dans lequel toutes les épouses d'un village ont été remplacées par des robots. Le roman et le film ont connu un grand succès à l'époque pour leur caractère féministe. (N.d.T.)

— Ah oui ? Quoi ?

— *Les Femmes de Stepford*.

— Hein ?

— Eh bien, je pourrais le faire. Il suffirait que je me teigne les cheveux.

— Oh, ça non. Ça va beaucoup plus loin que le simple look. Que connaissez-vous aux jeux d'argent ?

— Je pourrais apprendre, non ? Toutes ces filles ne pouvaient pas être des pros quand elles ont commencé.

— Vous êtes trop classe. Vous ne sauriez pas comment réagir si un de ces vieux rupins essayait de vous mettre le grappin dessus.

— Ah oui, vous êtes sûr ? J'ai su m'y prendre avec vous, non ?

Charlie releva la tête avec un intérêt soudain, puis sourit.

— Ma foi... vous devez avoir raison. Là, vous m'avez eu.

— Et de toute façon, ce ne serait que pour quelques soirées. Juste afin de pouvoir aborder M. James. Même pas le temps de faire des progrès. Simplement pour voir s'il sait quoi que ce soit sur Juin. Et sur mon mari. Ensuite, je repartirai à Londres pour toujours et personne ne fera jamais la différence. Je vous en prie, Charlie, acceptez-vous de m'aider ?

— Comment ?

— Vous n'aurez rien à faire. Contentez-vous de ne pas me jeter dehors quand je viendrai demain pour demander du travail.

— Et si James vous reconnaît ?

— Impossible, c'est à peine s'il m'a regardée, hier. Il était beaucoup trop préoccupé par le fait que vous ayez laissé filtrer les secrets du métier.

— Je ne sais pas...

— S'il vous plaît.

Saz lui prit la main et le regarda avec toute l'innocence implorante dont elle était capable, songeant

Merde, Saz, si ça, ça ne marche pas, tu pourras tou-
jours faire doublure pour Lassie.

Charlie céda. Saz lui offrit à déjeuner puis partit, armée du seul patronyme d'ex-collègue qu'il connaisse, une fille avec qui il avait « passé un peu de temps », qui était maintenant heureuse en ménage dans l'Ohio. Le style sympa, qui aurait aisément pu donner l'adresse de *Calendar Girls* à une Anglaise de bon aloi en voyage aux États-Unis et cherchant du travail. Saz appela M. James et convint d'un rendez-vous pour le jour suivant.

Elle rentra ensuite chez Caroline, après un passage chez le coiffeur.

« Salut Carrie, je suis rentrée – et remercie le ciel que j'aie les yeux naturellement marron. »

13

Aliments mentaux

Je me mis à la muscu. Et à la natation. Le jogging m'aurait bien tentée, mais je n'avais pas les moyens de me payer les chaussures. Je me lançai dans ce « truc physique » que j'avais ouvertement méprisé pendant des lustres – Dolores avait une fois menacé de renoncer à son équipe de softball si je n'arrêtais pas mes railleries continuelles. Je décidai de couper le cordon avant qu'elle ne puisse se détacher de moi. Je croyais savoir ce qu'elle mijotait et j'avais besoin d'avoir un cran d'avance. La solution était toute trouvée. C'était très chouette, en un certain sens : une salle ancienne, un tas de machines dans une pièce sinistre, sans fenêtres. Chaque soir, nous étions cinq, six ou sept, pas de blabla, juste de la sueur, des grognements et des halètements. C'était comme dans un film de boxe, mais sans le saut à la corde. Et par-dessus le marché, je n'étais forcée de parler à personne.

Et je tentai de tout mettre au clair dans ma tête. Mise au point. Aux poings.

Ces soirs qu'elle passait en dehors de la maison, pas seulement la soirée, mais des nuits entières – principalement le vendredi, parfois même en milieu de semaine. Ces nuits en dehors de notre lit, loin de mon corps. Où elle sortait sans revenir du travail et ne rentrait pas avant le lendemain matin. Jamais pour aller chez des amis, dont j'aurais pu me montrer jalouse, toujours sa famille.

« Enfin, Maggie, ce n'est pas parce qu'ils se comportent comme des salauds que tu dois t'attendre à ce que je me coupe d'eux ! »

Et je ne pouvais pas la contredire. La famille, c'est la famille, et dans les foyers juifs, à l'instar de leurs homologues pré-Vatican II, ça s'écrit avec un F majuscule – Dolores m'avait au moins enseigné ça. Mais bon, la famille de Dolores n'est pas vraiment représentative.

Et puis il y avait eu les fois où, plusieurs nuits de suite, elle « partait pour affaires ». Là non plus, aucun prétexte légitime à des protestations. J'avais toujours su qu'il lui arrivait de devoir s'absenter pour le travail.

Je passai des heures à pédaler furieusement sur un vélo d'appartement – dénombrant les nuits où nous avions dormi loin l'une de l'autre, pas tant que ça, six ou sept chaque année tout au plus – et au bout de presque quatre ans, ça n'est pas beaucoup. Mais une fois encore, s'il s'agissait de vingt nuits en compagnie de quelqu'un d'autre, ça faisait « beaucoup » – beaucoup trop. Et puis il y avait tous ces vendredis soir où elle était rentrée tard à la maison, mais dont j'ignorais maintenant où elle les avait passés. Certains avec sa famille, sûrement – je ne la vois pas sortir et acheter ce gâteau au miel qu'elle m'avait ramené, ou le *latke*, soigneusement emballé dans son papier sulfurisé…

— J'ai demandé à maman si je pouvais ramener quelque chose à la maison.

— Tu lui as dit que c'était pour moi ?

— Pas tout à fait, mais elle sait que tu vas en manger aussi.

— Ah, voilà qui explique cette odeur d'arsenic unique entre toutes !

— Peu plausible. Elle sait qu'il n'y a aucune chance pour que je te le donne sans en manger la moitié !

Nous partagions des repas tardifs, une nourriture rapportée de l'endroit où elle avait passé la soirée. Partagions repas et désir, des miettes dans notre lit, des draps sur la table de la cuisine.

Je mange seule, maintenant.

Je nageais quarante longueurs de plus, une litanie de « Où étais-tu ? » ne cessant de repasser dans ma tête. Toutes ces nuits où j'avais été toute la soirée dehors en représentation, où je n'avais eu aucune raison de l'appeler à la maison… à présent je ne saurais jamais si elle s'y était trouvée ou pas. C'était facile de pleurer, dans la piscine – le sel de mes larmes et la chlorine du bassin entachant semblablement mes yeux de rouge.

Mon histoire devenait incertaine – je savais maintenant que mon souvenir des événements n'était pas forcément exact. Je ne pouvais me fier à ma mémoire car elle pouvait être fondée sur du faux.

Peut-être ne m'avait-elle menti que le jour de mon anniversaire, ce seul soir.

Ou peut-être qu'elle avait menti sur toutes les soirées. Et il n'y avait personne à qui me confier, avec qui partager ma peine. Dolores l'appréciait un peu plus, mais pas tant que ça. Pas au point de tolérer des mensonges éhontés. En plus, Dolly était amoureuse et ses appels s'étaient réduits à un ou deux par semaine, sinon moins. Elle ne comprendrait pas et, de toute façon, j'étais trop mortifiée pour le lui dire. Trop humiliée que cet amour de ma vie se soit révélé un fiasco, comme tous les autres. Trop penaude pour éviter de laisser couver la souffrance, pour qu'elle ne prolifère pas. Furibarde j'étais, et ça ne fit qu'augmenter au fil des jours, j'alimentais la machine. Et je me forçais à aller à la salle de sport, l'estomac soulevé par la force de ma hargne, qui s'affrontait aux machines d'acier.

Je me suis pas mal musclée.

Durant un temps, on ne se vit pas beaucoup. Elle travaillait encore la journée – partie de chez nous à neuf heures et demie, revenue à dix-huit. Si j'avais un spectacle, je quittais la maison vers huit heures du soir. Et je faisais beaucoup plus d'efforts pour trouver des engagements – j'avais le corps et le compte en banque plus en forme que jamais, sauf qu'intérieurement, je croyais avoir perdu la seule personne avec qui ça vaille la peine de les dépenser. Les soirs où je ne jouais pas, je les passais pour la plupart à la salle de sport ou à la piscine. Parfois les deux. Je rentrais épuisée à la maison et m'effondrais entre les draps. Et puis il y avait notre vie sociale – quelques fêtes où nous passions la soirée chacune à l'opposé de l'autre dans une pièce pleine de monde –, un idéal moderne de couple non fusionnel, et quelques dîners avec Dolores et Annie, elles deux de plus en plus appariées.

Ça continua ainsi durant trois mois. Les vendredis où elle allait «chez ses parents», je passais des heures à la salle de sport, parfois même sans m'entraîner, juste à attendre près de la cabine téléphonique, tentant de rassembler assez de cran pour appeler ses parents et demander si elle était là. Je n'avais besoin d'aucun courage pour parler à sa mère ou à son père. Celui qu'il me fallait, c'était pour affronter ce que je risquais d'entendre.

Je ne les ai jamais appelés.

J'ai toujours eu des atomes crochus avec le lion du *Magicien d'Oz*. Et pas seulement parce que c'est lui qui a le plus beau déguisement. Un cerveau et un cœur, la belle affaire, si l'on n'a pas le courage de s'en servir ! Et je ne supporte pas que les couettes de Dorothy se changent en magnifique crinière blonde dès qu'elle pénètre dans Oz. Elle me plairait plus si elle restait pareille qu'avant.

Je déteste le changement.

Ainsi donc, je ne pouvais pas appeler ses parents. Je n'en avais pas le courage. Ne l'ai toujours pas. Pas même maintenant.

Mais elle savait que quelque chose n'allait pas. Je suis une bonne actrice, mais pas une bonne comédienne. Et qui plus est, elle m'avait sans doute menti mais n'était pas aveugle. Les menteurs sont sans doute les gens les moins aveugles du monde puisqu'ils doivent sans cesse rester sur leurs gardes. Pour être sûrs, prêts à toute éventualité, donner le change.

Je changeais de forme. Raffermissant ma haine et ma musculature.

Il fallait bien que ça finisse par exploser.

Un soir, elle rentra à la maison juste au moment où je m'apprêtais à partir à la salle de sport.

— Salut, ma puce ! Je suis là ! »

Avant, j'adorais entendre ces mots. Notre vie en parodie de sitcom américain, style « La famille des collines ». Maintenant, ça n'aboutit qu'à me faire courir plus vite.

— Salut chérie. Écoute, il faut que je file, autrement la piscine sera fermée. Et il se peut aussi que j'aille faire du sport. À plus.

— Oh, non, Maggie, encore ? Tu ne peux donc pas passer ne serait-ce qu'une soirée avec moi ? S'il te plaît! Ça fait des mois qu'on n'est pas restées ensemble à la maison à ne rien faire.

— Je suis occupée.

— Tu as l'air éternellement occupée ces temps-ci, chérie, qu'est-ce qui se passe ? T'as une autre amante ?

— Comment peux-tu oser dire une chose pareille ! Tu es…

— Oh, voyons, Mag, je plaisantais.

— Ne m'appelle pas Mag.

— Mais sois un peu gentille ! Est-ce qu'on pourrait parler ? Voudrais-tu enfin me dire ce qu'il y a ?

— Je pense que c'est toi qui as quelque chose à dire, tu ne crois pas ?

— Mais enfin, mon cœur, je ne vois pas de quoi tu parles.

— Menteuse !

— Quoi ?

— Tu m'as entendue. Menteuse ! Tu n'es qu'une foutue menteuse !

J'étais en larmes à présent, tordant mes chaussures de sport entre mes mains, et en larmes. Pleurant de grosses gouttes brûlantes qui me dévalaient le visage.

— Je t'en prie, Maggie, je ne vois pas ce que tu veux dire.

— Mon anniversaire. Je parle de mon anniversaire, merde !

— Je ne…

— Tu n'y étais pas. Je voulais te parler et tu n'étais pas là-bas.

Elle savait qu'elle était coincée. On aurait dit un lapin figé dans la lumière des phares, un vendeur surpris la main dans la caisse. Elle avait la même tête que tous ceux qu'on vient de prendre sur le fait. Apeurée.

— Tu as appelé chez mes parents ?

— Oui.

— Eh bien… c'est à papa que tu as parlé ? Ce devait être lui, tu le connais. Il mentait probablement. Il savait sans doute que c'était toi et il ne voulait pas que tu me parles.

Je sentais monter la nausée. Je l'avais épinglée et elle mentait de plus belle. Je lui répondis d'une voix blanche.

— Je ne lui ai pas parlé. C'est Keith qui l'a eu. Je l'avais fait appeler pour qu'ils ne sachent pas que c'était moi. Pour qu'ils ne puissent pas mentir.

— Oh.

— Ton père a dit à Keith que tu n'y avais pas mis les pieds depuis plusieurs semaines – ce qui veut dire que tu n'y étais pas le vendredi d'avant non plus.

— Non. Effectivement.

Elle me guida à l'intérieur et referma la porte. Elle m'ôta la chaussure de la main.

Mes pleurs redoublaient, à présent. Ce n'était plus seulement de la colère, il y avait de la tristesse aussi. Je me sentais abandonnée. Elle me fit asseoir sur le canapé et me caressa les cheveux. Je voulais me reculer mais je n'y parvins pas. C'était trop pour moi.

— Ma chérie, ça fait une éternité que je veux que tu me poses des questions là-dessus.

D'une voix apaisante, elle caressa ma souffrance et me débarrassa de mes inquiétudes. Elle me raconta l'engueulade qu'elle avait eue avec ses parents deux semaines avant mon anniversaire. Comment elle leur avait dit ne pouvoir passer cette soirée-là avec eux. C'était l'anniversaire de la mort de sa grand-mère – ils ne comprenaient pas qu'elle puisse vouloir se trouver ailleurs, être avec moi. Ils ne comprenaient pas. Et moi non plus, aucun d'entre nous ne comprenait à quel point elle était écartelée, combien elle se sentait déchirée au plus profond d'elle-même à chaque fois qu'éclataient les problèmes entre moi et sa famille.

Je me pelotonnai dans ses bras et l'écoutai me débiter une histoire qui saurait effacer ma colère, apaiser mon cœur. Elle me parla de ces vendredis qu'elle avait passés seule dans sa voiture. Le soir de mon anniversaire, incapable d'être avec moi comme de donner à sa famille la satisfaction d'avoir le dessus, elle avait attendu comme cela jusqu'à ce qu'arrive l'heure de venir à la fête. Elle s'était cachée, avait roulé dans des rues obscures et songé combien elle m'aimait.

J'écoutai sa voix, pendant qu'elle me recouvrait d'une chaude couverture et m'endormait. Une chaude couverture en laine pour me couvrir les yeux. Me bercer de chansons.

— Oh, ma chérie. Je regrette tellement, tu as dû te faire tellement de mauvais sang... Ce n'était que ce soir-là, enfin, ces deux-là... Je ne savais pas quoi faire, je n'arrivais pas à me décider entre toi et eux, il fallait que je m'enfuie... Je suis désolée de t'avoir rendue si malheureuse...

Elle me menait dans un cul-de-sac et je la suivis les yeux fermés. J'étais si désespérément malheureuse, si désireuse qu'on me débarrasse de ma colère – si fatiguée d'aller à la salle de sport – que je la laissai m'entortiller et me ligoter.

Je l'ai laissée me nourrir de fables.

Elle vint vers moi ce soir-là, silencieuse. J'étais presque endormie, épuisée par toutes ces émotions. Ou peut-être dormais-je, mais elle me caressa l'épaule et je me retournai pour lui faire face.

— Non, ne bouge pas. Reste comme ça. Allongée. Ôte ta chemise.

Je m'exécutai et elle s'allongea sur moi, ses seins s'écrasant sur mes épaules, mon corps presque endormi se réveillant plus vite que ma tête, se réchauffant à son contact. Ma chair a le sommeil léger. Elle me ramena les bras le long du buste, me tourna doucement la tête de façon à pouvoir m'embrasser, commença à me broyer doucement de ses hanches, juste en dessous du creux des reins, une pression égale, des mouvements équitables : elle sur moi, moi sur le lit. Elle glissa ses mains sous moi – l'une vers mon sein, l'autre mon sexe. Elle conservait un rythme régulier. Mon corps était pleinement éveillé, maintenant. Je l'étais aussi – tirés du sommeil, mon corps et moi-même ne faisions plus qu'un, son corps et moi semblaient n'en faire qu'un. Chacune maintenait le rythme. Je me mis à hurler, sa main vola de mon sein à ma bouche.

— Sans bruit.

— Je ne peux pas.

— Mords. Mords là.

Trois de ses doigts s'enfournèrent dans ma bouche. Je ne refermai pas les dents. Je ne pouvais pas mordre ces longues mains délicates qui me nourrissaient. Je suçai donc, des doigts chauds et moites dans ma bouche, en moi. La rythmique continuait, toutes deux en cadence, la sueur au creux de mes reins collant à son ventre. Nous jouîmes ensemble, bête à un seul dos, et vite. Elle se laissa glisser à côté de moi, m'empoigna les cheveux et me serra fort contre elle.

— Tu vois ? Ça ne pourrait pas se passer comme ça si on n'était pas faites l'une pour l'autre. Tu es à moi et je suis à toi.

La propriété, ce sont les neuf dixièmes du droit.

Mais je la crus. Parce que c'était plus facile. Parce qu'il le fallait. Parce que si je ne pouvais pas croire en elle, qu'est-ce qui me restait ?

Rien.

Il ne reste rien.

Je n'ai plus aucune foi en quoi que ce soit.

Les religieuses disaient toujours que le désespoir est le pire des péchés. Si Judas a été condamné, ce n'est pas pour avoir trahi Jésus, mais parce que, ayant trahi, il a désespéré. Il semble que Dieu peut tout pardonner hormis le désespoir. Futé, ce Dieu.

Mais je ne pensais pas à Judas à ce moment-là, le coq chanta deux fois et je choisis de croire. Par pure foi, je la regardai changer l'eau en vin. C'était mettre tous mes œufs dans le même panier et le lui tendre.

Elle rate toujours les omelettes.

14

Direction Stepford

Le vendredi soir, lorsque M. James arriva, Saz avait déjà vendu sa neuvième bouteille de champagne – exploit notable puisque c'était au bout de trois heures de travail, alors que lesdites bouteilles coûtaient au minimum deux cents dollars. Il s'agissait de sa deuxième soirée et de la première fois où M. James venait jeter un œil sur son travail. Il l'avait engagée presque sans coup férir – avalant apparemment son histoire de fille en voyage qui avait besoin de se faire un peu d'argent de poche avant de reprendre la route quelques semaines plus tard. Il semblait croire sans aucun problème que la femme de l'Ohio ait donné cette adresse – disant qu'il trouvait souvent ses employées de cette façon. Et mieux encore, il n'avait pas eu l'air de la reconnaître du tout malgré l'épisode du lundi après-midi – mais cela était sans doute attribuable au fait que le carré bleu nuit de Saz avait viré au pur jaune peroxydé. James avait dit apprécier son accent anglais, avait relâché le nœud de sa cravate de soie peignée, ajouté qu'il ne voyait aucun inconvénient à prendre des filles pour des «jobs de vacances», puis lui avait demandé ce qu'elle voulait boire et affirmé qu'il serait heureux de la reprendre lors de son prochain passage à New York si elle se révélait efficace. Saz avait répondu qu'elle ne buvait jamais pendant le travail, après quoi il lui avait exposé quelques règles fondamentales et l'avait laissée se lancer. Simple, jusque-là.

Les autres filles lui avaient montré les trucs du métier. Comment s'adresser aux hommes d'affaires new-yorkais façon potiche intelligente – c'est-à-dire toujours comprendre de quoi ils parlaient, mais sans jamais en savoir plus qu'eux. Comment repérer ceux qui voulaient plus que le simple duo champagne-jeux de cartes – et les repousser poliment. Enfin et surtout, et bien que ce fût le moins lucratif – comment se comporter avec ceux qui amenaient leurs épouses ou leurs maîtresses : agir comme une serveuse.

Avec sa vivacité d'esprit, et rodée qu'elle était au mensonge, Saz se prit au jeu comme une *débutante**s'éprend du champagne. Elle avait été soulagée d'apprendre que James exigeait, et il était catégorique, « une interaction cordiale mais sans relations charnelles » entre les membres et le personnel. Et lorsqu'elle vérifia avec les autres employés, cela se révéla la plus stricte vérité. Une fille avait été virée durant l'été pour avoir eu une liaison avec l'un des membres – mais non, elle n'avait pas l'accent anglais. La paye n'était pas extra : à peine quatre-vingt-dix dollars par semaine pour six jours de travail, ou juste douze dollars par jour si l'on ne pouvait assurer les six soirs, mais les pourboires étaient exorbitants. Un homme lui avait donné un billet de cent pour la remercier de lui avoir indiqué les toilettes, un autre de cinquante parce qu'elle l'avait aidé à enfiler son manteau, et il y avait également une commission de vingt dollars sur chaque bouteille de champagne vendue. En deux

_____

* En français dans le texte. (N.d.T.)

soirs, Saz avait gagné six cents dollars. Entre ça et ce que lui devait John Clark, elle allait pouvoir s'offrir une demi-douzaine de répondeurs.

Elle commençait juste à prendre ses marques, montant les joueurs les uns contre les autres, se moquant de leur réticence à commander une nouvelle tournée, quand M. James la héla depuis le seuil de la porte.

« Septembre, j'aimerais vous dire un mot. »

Elle s'était quelque peu pétrifiée quand James lui avait annoncé qu'il souhaitait qu'on l'appelle Septembre – elle lui avait précisé que son prénom était Mary mais il n'avait pas voulu vérifier. Les références ne l'intéressaient pas, pas plus que les faux papiers que Saz avait mis la journée du mercredi à obtenir. « Septembre » lui paraissait trop proche à son goût, jusqu'à ce qu'elle se souvienne qu'elle était la seule à appeler ainsi la femme disparue ; Charlie la connaissait sous le nom de Juin et, parmi les cinq autres filles que Saz avait rencontrées, une seule se souvenait d'une Anglaise – à qui elle avait donné le sobriquet d'Avril, « parce qu'elle était anglaise et que l'Angleterre, ça m'évoque toujours le printemps – tu sais, comme chez les poètes romantiques. »

Saz décida de ne rien dire de T. S. Eliot ni de ses lilas des terres mortes.

En fait, les autres filles s'étaient révélées d'un secours extraordinairement nul. Non qu'elles aient refusé de discuter, elles avaient le cancan dans la peau, mais parce que apparemment presque personne n'effectuait ses six soirées par semaine et que, de toute manière, la plupart n'étaient pas à *Calendar Girls* depuis plus de six mois. Il y avait un renouvellement de personnel rapide, la majorité des filles ne faisait ce travail que parce qu'il pouvait rapporter beaucoup – en liquide, et nul besoin de carte de séjour – et qu'il n'était même pas très difficile, ainsi que Saz était en train de le découvrir. Le gros des troupes semblait cultiver une distance aimable avec M. James, soit par peur, soit qu'il n'était pas intéressé – ça restait encore à trancher. Ce qui semblait être de notoriété publique, c'était sa singulière indifférence envers les Américaines ; s'il lui arrivait parfois de fréquenter une des filles, il la choisissait toujours parmi les « exotiques » : Européennes, Anglaises, Asiatiques – jamais celles qui venaient d'arriver de la Côte Ouest. La plupart des femmes lui reconnaissaient du charme, certes, mais comme elles n'étaient là que pour l'argent, elle se révélaient très heureuses de filer dès la fin de leur service.

Elle empocha le reçu pour sa nouvelle vente de champagne et nota mentalement deux choses : primo, maintenant qu'elle savait que Septembre avait sans doute camouflé son apparence physique, de passer une nouvelle fois en revue toutes les autres femmes qu'elle avait éliminées à cause de leur couleur de cheveux ou d'yeux – au moins une quarantaine de plus – et secundo, puisque Septembre pouvait gagner autant d'argent en faisant cela quatre fois par an, comment se faisait-il qu'elle ait eu besoin d'emprunter à John Clark ? Songer à la première Septembre brisa sa rêverie et Saz traversa la pièce pour aller rejoindre l'endroit où l'attendait James.

« Je voulais juste vérifier comment ça se passe, venez dans mon bureau, on va bavarder deux minutes. »

Saz le suivit dans la pièce. Cela avait presque tout du nid standard de patron qui a réussi : gros canapé en cuir rembourré, table en acajou poli, placard-bar débordant d'alcools, quelques gravures de bon goût, et très peu d'éléments donnant l'impression de pouvoir servir pour le travail, hormis l'imposant bureau où M. James prenait place à présent. Le genre de table derrière laquelle Saz souhaitait que la trop zélée Colleen, du Fonds de Soutien aux Créateurs d'Entreprise, la voie un jour assise. James lui fit signe de prendre un siège en face de lui.

— Eh bien, Septembre, vous avez vraiment l'air de bien vous débrouiller.

Saz adopta une expression aimable et légèrement idiote.

— Oui, merci, monsieur James. Pour tout vous dire, ça me plaît beaucoup plus que je m'y attendais.

— Vous pensiez que vous n'alliez pas aimer ?

— Non, non, simplement j'ignorais si je serais bonne, mais c'est très amusant, en fait.

— Combien de temps allez-vous rester chez nous ? Y avez-vous réfléchi ?

— Ah, eh bien, comme je vous le disais, j'ai effectivement l'intention de repartir d'ici environ une semaine...

— Lorsque vous aurez obtenu ce que vous êtes venue chercher ?

L'étonnement projeta Saz hors de sa *persona* de toquée.

— Pardon ?

— Ce qui vous amène ici. Reconstituer votre compte en banque. Ajouter à votre budget voyage.

Son pouls redescendit lentement à son rythme normal.

— Ah, oui. Le compte en banque. Oui.

James se leva et se pencha au-dessus du placard à alcools.

— Anglaise... Voyons voir... gin tonic ?

— Euh, très bien, oui, je vais faire une exception pour cette fois. Merci.

— On n'a jamais vu une Anglaise refuser un gin ! se vanta-t-il avant de lui tendre le verre. Ça fait longtemps que vous voyagez ?

— Quelques mois.

— Il ne doit plus vous rester beaucoup d'argent, dans ce cas ?

— Eh bien, non, mais apparemment, ça a l'air de bien se résoudre.

— Vous êtes excellente dans ce boulot, savez-vous ? Vous pourriez rester plus longtemps si ça vous tente. Ou revenir dans quelques mois, peut-être.

— Hum, oui, sûrement.

Elle choisit de tenter sa chance une nouvelle fois, songeant à ce que lui avait dit Charlie au sujet des habitudes professionnelles de Septembre.

— Le fait est que j'adore New York. Ce serait formidable de pouvoir revenir trois ou quatre fois par an.

— Faire partie de mes saisonnières, vous voulez dire ?

James souriait à présent, et paraissait plus détendu.

— Oui, pourquoi pas ?

Saz lui rendit son sourire, se défiant de plus en plus, au fur et à mesure des gorgées de son gin trop fort, de ce grand gaillard extrêmement beau.

— Dans ce cas, nous allons voir ce qu'on peut faire, hein, Septembre ? Il est temps que vous repartiez au travail, maintenant. À demain.

— Et il n'a rien dit d'autre ? marmonna Caroline, qui tentait vaillamment de rester éveillée tandis que Saz se changeait et lui racontait sa soirée de travail.

— Non, c'est tout. Maintenant, j'ai trois théories. Ça t'intéresse de les connaître ?

— Ai-je vraiment le choix ? Bah, autant que tu me racontes, tant que tu ne les auras pas exprimées à voix haute, tu vas m'empêcher de dormir toute la nuit en ruminant ça dans ta tête.

— D'accord. Théorie n° 1 : il a un réseau de trafic de drogue et il va me demander de rapporter à Londres un… un CD de Neil Sedaka, celui où il chante *Calendar Girl*, pour le donner à un de ses amis de Londres – mais en fait, il y a de la cocaïne planquée dans le paquet.

— Tu parles d'un trafic ! Vu la quantité de coke qu'on peut planquer dans un CD, c'est pas comme ça qu'il va devenir le roi du milieu !

— Bon, on verra bien le moment venu, quand il me donnera mon cadeau d'adieu, non ? Arrête de m'interrompre. Théorie n° 2, il fait partie de la mafia…

— Avec un nom comme Simon James ? Il devrait pas s'appeler Ricardo ou Giorgio ?

— C'est ça, en fait, il porte un nom de parfum ! James, ce n'est qu'un pseudonyme. Et les tables de jeu, un simple artifice destiné en fait à recycler de l'argent volé.

— Un rien plus plausible. Mais peu probable étant donné ce que tu m'as dit de la quantité d'alcool que boivent les clients. Enfin, si c'est le cas, je pense que tu ferais bien de quitter New York illico presto pour ne jamais y remettre les pieds ! Tu as beau être mon ex, je me passerais bien que tu finisses avec un pardessus en ciment !

— Tu es sûre que ce ne sont pas plutôt des chaussures ?

— Non, passe l'hiver à New York, tu verras ce que je veux dire. Théorie n° 3 ?

— Je ne sais pas trop, ce n'est pas encore clair dans ma tête, mais je pense qu'il y a autre chose. Que c'est en rapport avec les perruques, et cette comédie, tous ces trucs faux. Je crois que Septembre a pu se prendre au jeu.

— Oh, je t'en prie ! Elle aurait fait tout ce chemin juste pour assouvir des fantasmes ? Alors qu'elle peut trouver tout ce qu'elle veut dans le genre à Streatham pour le prix d'un ticket de métro ?

— Plus aujourd'hui. Et de toute façon, moi, oui.

— Toi oui quoi ?

— Je trouve des satisfactions au fait de jouer un rôle. Ça me plaît assez. Des cheveux différents, un autre nom… C'est excitant.

— Ouais, mais le mensonge fait partie du métier qui te fait vivre.

— Merci pour le compliment ! En tout cas, je ne sais pas, c'était peut-être une actrice frustrée. C'est peut-être la seule raison qui l'a poussée à agir ainsi.

— Oui. Et l'argent.

— Ah oui, l'argent. Eh bien, c'est peut-être juste une spécialiste de l'arnaque. Qui manipule des ivrognes pour leur faire boire du champagne et John Clark pour qu'il lui donne tout ce qu'il a. C'est peut-être elle, la méchante, après tout.

— Tu crois vraiment ?

— Je ne sais pas. Tout le reste m'a l'air un peu trop tiré par les cheveux... Non, ne ris pas. Je sais que *Calendar Girls* semble sorti tout droit d'un film, mais en fait, toutes les nanas sont très sympas et, à Londres, on connaît quand même pas mal de filles qui ont arrondi leurs fins de mois en jouant les hôtesses...

— Ouais, Saz, sauf que la plupart sont homos.

— Qui te dit que Septembre ne l'est pas ? John Clark n'a parlé que d'amitié entre eux, il a été très clair sur ce point. Et je le crois – je ne le pense pas du genre à avoir une liaison...

— C'est quoi, le genre ?

— Eh, oh, c'est qui, la professionnelle, ici ? Tais-toi et laisse-moi parler. Donc, on peut conclure qu'elle ne se faisait pas M. Clark et même si je n'aime pas James, c'est plutôt parce qu'il fait partie de ces types gluants et arrogants que parce qu'il pourrait être... enfin, quoi que ce soit qu'il puisse être. Mais aucune des filles ne songerait sérieusement à avoir une liaison avec lui – tirer un petit coup par-ci par-là, peut-être, mais ce n'est certainement pas le style d'homme qu'on peut ramener chez maman pour dîner. N'empêche, je pense qu'il est exactement ce qu'il semble être...

— C'est-à-dire ?

— Un type assez malsain et sans aucun doute très louche, qui est impliqué dans un truc plus important que l'activité de façade qu'est *Calendar Girls* – mais rien de plus. On a déjà vu des trucs de cet ordre chez nous.

— Oui ma douce, mais ni toi ni moi n'avons jamais travaillé dedans.

— Je sais, mais on voit bien le genre, tout le monde connaît la musique – le jeu a forcément un rapport avec la drogue, ou un truc comme ça… Cela dit, il n'en reste pas moins que la plus bizarre, dans tout ça, c'est Septembre elle-même, non ? Cette femme qui fait régulièrement le voyage depuis Londres, qui dîne avec John Clark et sur laquelle personne ne semble capable de mettre un nom. Donc la réponse doit résider de son côté à elle. Il faut que je me rapproche plus.

— Il a dû mettre des choses dans ses tablettes.

— La drogue serait planquée dans du chewing-gum ?

— Non, idiote, ses fichiers ! Il doit avoir des archives sur ses employées. Vérifie le contenu, vois ce qu'il a sur elle.

— Ah bon, et comment je m'y prends ?

— Oh, Saz, pour l'amour du ciel, c'est toi la détective ici, rappelle-toi ! Comment as-tu fait pour les persuader de te filer cette subvention ?

— Je leur ai dit qu'il y avait beaucoup de gens endettés dans le sud-est de Londres, donc beaucoup d'argent à récupérer. Fort étrangement, ils m'ont crue. Je ne vois pas le rapport.

— Bah, il faudra bien que tu te débrouilles, de toute façon. Je sais pas moi, force la serrure, passe par les égouts, soudoie la femme de ménage, épouse le propriétaire… remplis ton rôle, quoi !

— Je déteste ça, ramper par la fenêtre en plein milieu de la nuit et toutes ces conneries.

— Ah bon ? Parce que ça t'est déjà arrivé ?

— Non, mais je déteste l'idée.

— Alors rentre par la porte en plein jour – plein jour qui, j'aimerais te le faire remarquer, n'est plus qu'à quelques heures de nous maintenant, alors que l'une d'entre nous a du boulot créatif sur la planche demain. Dors.

— OK, excuse. Bonne nuit.

Saz éteignit la lumière et cogita un moment tout en contemplant les phares des voitures de la rue jouer avec les ombres sur le plafond.

— Hé ! Carrie ?

— Oui ? Quoi ?

— Ils ont des trucs sur microfilms, à ta fac ?

— Sur microfilms ?

— Ouais, tu sais, comme au cinéma ?

— Oh bon Dieu ! Je vais me renseigner. Et j'imagine qu'il te faudrait aussi un mini-appareil photo ?

— Tu imagines bien. Tu crois que ça existe en vrai, maintenant que le Kremlin est kaput ?

— Tu es en Amérique, ma belle. Le rideau de fer est peut-être parti aux oubliettes, mais le FBI et la CIA sont en parfaite forme, eux. Je suis persuadée qu'on peut te dénicher du matériel d'espion dans une brocante quelque part.

— Comme c'est excitant !

— Ouais. Mais débrouille-toi pour qu'on te chope pas ! Au fait, comment comptes-tu avoir accès à ses fichiers ?

— Je ne sais pas. Je devrais pouvoir mettre ça au point demain matin pendant mon jogging si je passe une bonne nuit. Je trouverai bien quelque chose. Il y a toujours une idée qui vient.

— Ouais, comme le retour du soleil. Tais-toi !

— D'acc. Bonne nuit, sous-fifre.

— À demain matin, privée.

15

Œuf de Pâque et pain azyme

Les choses se calmèrent après cet épisode. Elle appela ses parents pour leur annoncer qu'on partait – ce qui n'était pas vrai, mais signifiait qu'elle n'aurait pas à aller chez eux pendant environ un mois. Elle resta avec moi, on resta toutes les deux. Ma routine muscu connut des écarts : elle rentrait directement à la maison en sortant du travail. Lorsque je n'avais pas de représentation en soirée, on passait les heures d'obscurité ensemble. Je me mis à annuler des dates. C'était comme aux premiers jours de notre relation – avec la douceur et le calme en plus –, voulant être ensemble tout le temps comme au début, mais en se connaissant désormais, donc avec moins de frénésie, moins d'angoisse – nous étions de nouveau amoureuses. Je voulais passer mes journées au lit avec elle, allongée à côté de sa peau douce dans le cocon douillet de notre relation.

Je ne savais pas qu'elle avait déjà entamé sa métamorphose.

Elle rentrait à la maison, je préparais le dîner, après quoi on se regardait un film, ou on allait direct au lit, étendues cuisse contre cuisse, deux tas de peau lisse de filles étendues côte à côte, on se tenait la main, la tête tournée vers le plafond. Les week-ends, on restait au lit jusqu'à quatre heures, se levant juste pour manger et boire, et ensuite retour au nid. Ce n'était pas tant l'attraction du sexe que le charme de l'autre. Elle était magnétique pour moi. Je ne voulais pas rester loin d'elle. Elle se mit à venir avec moi aux représentations – elle n'aimait pas entrer, c'était trop enfumé, trop bruyant, il y avait trop d'autres gens. Elle me déposait et je me précipitais dans la salle, prenais un verre vite fait, m'acquittais de mes vingt minutes de numéro, ramassais mon argent et me précipitais de nouveau au-dehors pour la rejoindre à la voiture où elle m'attendait. Ce qui par le passé était des soirées de travail, de mondanités et de discussion avec les autres comiques, devenait un rapide aller-retour d'une heure pour pouvoir rentrer à toute vitesse dans notre tanière. C'était la fin de l'hiver et j'avais l'impression que l'on hibernait. Que l'on faisait des provisions d'amour pour lutter contre les longues soirées obscures. J'aime l'obscurité, on y est en lieu sûr.

Je redoutais le printemps.

Le premier week-end de mars, nous sommes allées à Brighton. Il faisait encore très froid mais on y allait juste pour le plaisir d'une sortie bien ringarde à deux. Pour déambuler sur la jetée, manger de la barbe à papa et des *fish and chips* à portée de nez de la mer. Pour faire ricocher des cailloux sur le ressac qui ondule à peine. On alla au Pavillon, nous repaissant de son côté *camp*. Elle se peignit pâle et délicate sur une chaise longue, je me représentai en train de faire griller un agneau à la broche dans la cuisine. On se vit toutes deux faire l'amour dans le lit à baldaquin du roi, sur les tomettes froides du sol de la cuisine, cachées derrière les rideaux du salon de musique.

130

Chacune de nous deux vit cela, et cependant on ne fit pas beaucoup l'amour ce week-end-là. On resta calmement étendues, préférant évoquer des rêves. Les dragons du Pavillon s'étaient partout éveillés à la vie et étaient venus nous parler de quêtes, d'expéditions, de songes. Nous étions retournées à notre *bed and breakfast* pour dormir, main dans la main, les jambes entremêlées.

Je rêvai que je me réveillais et qu'elle était partie. Elle me dit qu'elle n'avait pas rêvé. Mais je l'avais entendue gémir dans son sommeil, et je lui dis qu'elle avait dû. Elle répondit que ce n'était peut-être pas elle, que j'avais peut-être entendu gémir quelqu'un d'autre.

Mais je connais le bruit de ses pleurs.

On rentra à la maison par de petites routes de campagne, évitant l'autoroute – et passant voir le site de la bataille de Hastings. Je m'émerveillai de cette capacité qu'a un simple événement de changer l'histoire, elle acheta une théière art déco. On rapporta du chutney, de la confiture, de la marmelade de citron, ainsi qu'un gros sac de pommes de terre achetées sur un stand au bord de la route. Notre sortie avait duré un week-end et, au retour, nous ramenions encore plus de briques et de mortier afin de consolider la muraille de notre vie commune.

J'avais cessé d'appeler Dolores. Je n'y avais pas réfléchi, c'était arrivé tout seul. Rien d'intentionnel, je n'avais pas voulu la mettre au courant quand j'étais malheureuse, et maintenant que ça allait, je refusais d'avoir affaire à quiconque risquait de secouer le cocotier. De son côté, ça faisait un bon moment que Dolores se montrait assez distante. Sa relation avec Annie était la meilleure de toutes celles qu'elle avait connues depuis longtemps, et je supposai que je ne lui manquais pas. Elle m'appela à trois reprises, et à chaque fois j'écoutai les messages sur le répondeur et décidai de ne pas répondre. J'ai écouté énormément de messages, à cette époque. Je ne voyais aucun intérêt à converser avec personne, hormis la femme taillée comme Isabella Rossellini. Et je ne voulais discuter qu'avec son âme. Et son corps. Ce qui tenait plutôt d'un dialogue en braille.

Comme maintenant.

Comme je le fais les yeux clos, sans regarder, sans parler, toute de sensation, pour simplement converser avec sa chair. Et son âme.

Je tranchais en moi afin de me retrancher plus encore dans notre relation, et toute parole semblait dénuée de sens.

Ce n'était pas l'avis de Dolores. Un jour, je choisis de décrocher. Mauvaise décision.

— Maggie?

— Oui.

— Merde, tu étais où?

— Là.

— Tu n'as pas eu mes messages?

— Si.

— Et alors?

— Et alors rien.

— Comment ça? Ça va, toi?

— Ça va, Dolly, disons que je n'ai pas très envie de parler en ce moment.

— Ça fait des mois que tu n'as pas envie de parler!

— Le fait est.

— C'est elle?

— Oui, mais pas ce que tu imagines. C'est elle parce que je ne veux personne d'autre. Je me demande même pourquoi tu appelles.

— Mais merde, Maggie, qu'est-ce que tu trafiques ? Je te téléphone parce que je suis ton amie. Je m'inquiète quand je n'ai pas de nouvelles de toi depuis des lustres – et ça fait littéralement des mois !

— Pas besoin de t'inquiéter.

— Maggie ! J'ai entendu dire que tu t'étais mise à la muscu comme une dingue. Et que tu n'as pas arrêté d'annuler des contrats un peu partout.

— Exact dans les deux cas. Tes télécoms arabes sont d'une efficacité redoutable. Mais tu n'as aucune raison de t'inquiéter. Je veux juste être avec elle.

— Mais on m'a dit...

— Beaucoup de choses, sûrement, Dolly. Et maintenant c'est moi que tu as, en direct. Je ne veux aucune intrusion, aucun coup de fil, Je veux simplement qu'on me fiche la paix.

— D'accord. D'accord, ma biche, si tel est ton désir, je ne rappellerai pas. Excuse-moi. Mais je suis ton amie, Maggie, je veux juste que tu le saches.

— Je sais, Dolores, je t'assure.

— J'espère.

— Si, si. Salue Annie pour moi. Ciao.

Je raccrochai. Stupidement contente de moi, d'avoir brûlé un autre pont. Satisfaite d'avoir coupé avec ma plus vieille amie. Je n'avais pas les idées claires.

Mais elles le sont aujourd'hui.

C'était en mars. Et ensuite revint une nouvelle fois la Pâque. Le nettoyage de l'appart. Pour faire le vide. Le Carême et l'Ascension. Saison de privations et de nettoyage qui menait à une autre, chacune avec son bouquet final, son banquet, sa célébration. Une combinaison de Thanksgiving et de renaissance. Comme une veillée et un baptême. Jésus célébrait la Pâque. Mais lorsqu'il entra à Jérusalem sur son âne, c'était pour passer le repas de la Pâque avec ses amis, pas sa famille. Il a dû décevoir sa mère. Trente-trois ans et toujours pas marié.

Elle allait « à la maison » pour la Pâque. Comme si notre appartement n'était pas son foyer, au bout de quatre ans. Je ne le pris pas si mal cette fois-là, après toute la souffrance de l'hiver, je me sentais sûre. Récurée. Purifiée et en sécurité. Alors elle alla « à la maison » pour la Pâque.

Avril est le mois le plus cruel entre tous. Pas à cause des lilas. Les lilas, ça s'arrache. Mais parce que je me mis à farfouiller à tâtons dans ce que je prenais pour de la terre morte, et que j'y découvris des orties – très, très vives, acérées et brûlantes.

En début d'après-midi, le vendredi saint, notre cuisine une fois propre et dénuée des sempiternels *hot-cross buns*, elle partit pour se rendre dans la maison de ses parents. Je fis un court somme devant la télévision – l'histoire de Barrabas ne recelant pas le même attrait que lorsque j'étais enfant –, et puis je me levai pour aller dans notre chambre.

J'avais attrapé le virus du nettoyage. Je n'ai rien contre le fait de célébrer les fêtes juives avec ma partenaire, mais c'est tout de même plus facile en sa présence. Ça peut se révéler quelque peu éprouvant lorsqu'elle « rentre à la maison » chez papa et maman alors que vous en êtes encore à essayer de respecter les règles. Quatre ans que je n'avais pas absorbé ne serait-ce qu'une tranche de pain durant la Pâque – je n'avais jamais vraiment acquis de goût immodéré pour le pain azyme, mais j'aimais l'idée de « pratiquer » en sa compagnie. Hormis qu'elle avait le droit d'aller festoyer et effectuer des libations dans sa famille, tandis que je restais chez nous autour d'un œuf dur solitaire. Il était quatre heures de l'après-midi – encore trois avant le coucher du soleil, juste ce qu'il fallait pour nettoyer les placards de la chambre.

Je commençai par les tiroirs, jetant vieux cotons-tiges et sacs plastique. Balançant des paires de collants tout troués que je ne remettrais jamais, et entassant avec bonheur dans des sacs-poubelles ces morceaux fatigués du passé immédiat. Je fis des piles – les choses dont je pouvais me passer, celles dont j'aurais peut-être besoin, et celles à ne pas jeter sans lui demander son avis. Au bout du compte, vers six heures, je m'arrêtai. Je jetai courageusement à la fois les piles de « oui c'est sûr » et de « peut-être », et mis les « demandons-lui » dans un sac-poubelle au fond du placard, au-dessus de la penderie. Grimpée sur une chaise, je descendis les cinquante et quelque pulls d'hiver que nous partageons afin de pouvoir mettre derrière le sac de « peut-être ». Il y avait là une petite valise. Comme je la tirais à moi pour faire de la place, au passage, l'unique clapet s'ouvrit soudain et le contenu de la valise me tomba sur la tête. Je descendis de la chaise pour le ramasser et le remettre dedans. Ce n'était pas grand-chose, juste quelques fines petites robes du soir que je ne l'avais pas vue porter depuis longtemps, une paire de chaussures en mauvais état et une enveloppe.

Je sais que je n'aurais pas dû l'ouvrir. Une fois, comme ça, j'avais dans les sept ans, je me suis gâché la Noël, mes parents étaient partis au travail tous les deux et j'ai ouvert tous mes cadeaux : j'ai vu ce que c'était et tout réenveloppé très précautionneusement pour que personne ne soit au courant. Le matin du réveillon est arrivé, et aucun étonnement à l'horizon. Mais j'ai fait semblant. Ô combien j'ai fait semblant – je ne pouvais pas risquer que maman et papa découvrent ça. J'ai joué la comédie toute la journée et suis allée me coucher avec l'impression d'avoir le fond de l'estomac en révolution. On aurait pu croire que la leçon m'aurait suffi. La lettre ne m'était pas adressée à moi. Aucun nom ne figurait sur l'enveloppe. Mais je n'ai pas pu m'en empêcher. Je veux toujours tout savoir, je crois que je l'ai déjà dit. La curiosité peut être mortelle, et je n'ai malheureusement pas les neuf vies du chat. Ni son indifférence.

L'enveloppe n'était pas cachetée, le rabat était simplement glissé à l'intérieur. Dedans se trouvait une carte. Datée du jour de mon anniversaire.

Merci pour cette soirée charmante entre toutes,
passe un très bon séjour à New York,
tout à toi, John.

Et il concluait par des baisers.

Je laissai tomber la carte et courus vomir dans la salle de bains. Elle m'avait menti. Une accumulation de mensonges. Je vomis jusqu'à n'avoir plus rien en moi. Je restai étendue, la tête reposant contre la blancheur froide de la cuvette des toilettes. Restai là une heure ou même plus, mon univers se dévidant sous mes yeux. Après quoi je me levai, laissai ses affaires où elles étaient, bouclai un sac et partis. Je ne savais pas où j'allais ni pour combien de temps, mais je n'avais aucune intention d'attendre patiemment qu'elle rentre à la maison. Je pris mes clés, tout l'argent qui traînait, le mien et le sien, et partis.

Quand je mis le pied dehors, la nuit était tombée. Je restai assise dans un bus durant environ une heure, descendis, montai dans un métro et passai une deuxième heure ainsi. Ensuite, je me rendis chez

Annie, où il suffit à Dolores d'un simple regard pour me donner un gin tonic épouvantablement alcoolisé et me mettre au lit.

J'espérais ne jamais me réveiller. Je rêvai de lilas.

Quand on s'éveille, c'est toujours pour basculer dans le cauchemar, n'est-ce pas ?

16

Funambulisme

Saz attendit que la plupart des clients soient partis. À trois heures du matin, elle sortit sur le balcon situé à l'arrière de l'immeuble et se concentra. D'ici une heure, elle aurait l'endroit tout à elle et pourrait obtenir l'information qui lui manquait afin de quitter New York le lendemain. Elle inspira une brise fraîche issue de la nuit et rentra dans le salon.

— Que fais-tu cachée là comme ça, Septembre ?

Saisie, Saz découvrit que Simon James se tenait à quelques mètres d'elle. On ne l'avait pas vu de la soirée, et il n'avait pas l'habitude de se montrer aussi tard. Durant les cinq minutes qu'elle avait passées sur le balcon, la pièce s'était vidée des derniers clients, et ils étaient seuls.

— Oh, monsieur James ! Vous m'avez fait peur.

— Pourquoi, qu'as-tu à cacher ?

— Rien, simplement, je croyais qu'il n'y avait personne, et ma foi… on est tout de même à New York !

— Oui, bien sûr, New York, j'avais oublié, comme c'est bête de ma part. La ville du péché, des agressions dans la rue, où il se commet un meurtre toutes les trois minutes… C'est bien comme ça que vous voyez les choses en Angleterre, n'est-ce pas ?

— Oui, quelque chose comme ça, monsieur James.

James traversa la pièce pour rejoindre Saz et vint s'asseoir dans le fauteuil qui se trouvait à côté.

— Bah, peut-être que nous ne sommes pas aussi méchants que dans les films. J'aimerais que tu m'appelles Simon, Septembre. Veux-tu boire un verre avec moi?

— Euh, eh bien... Simon... il vaudrait vraiment mieux que je rentre, il se fait tard.

— Juste un petit verre?

À présent qu'il se trouvait plus près, les fins traits rouges des veines qui se dessinaient sur ses pommettes ciselées et l'odeur âpre de whisky émanant de sa bouche firent comprendre à Saz que James était en réalité très saoul. Il tendit le bras pour lui prendre la main.

— J'aime vraiment les Anglaises, sais-tu?

Saz décida de jouer le jeu, concluant que James ne pouvait être plus insistant ni plus arrogant que les hommes avec lesquels elle avait eu maille à partir sur place au cours de la semaine écoulée.

— Et moi, Simon, j'aime les Américains. Laissez-moi donc vous servir ce verre.

Saz avança jusqu'au bar, où elle se mitonna un gin tonic contenant à peu près autant d'alcool qu'une baie de genièvre mûre, et versa un plus grand whisky pour James.

— Des glaçons?

— Oui, merci.

Il lui décocha un sourire et Saz ajouta les cubes de glace à son whisky.

En espérant que tu t'effondres de sommeil d'une minute à l'autre, songea-t-elle.

Saz passa l'heure suivante assise en compagnie de James, heure durant laquelle il but trois autres grands whiskies et lui raconta en gros l'histoire de sa vie – famille pauvre, père violent, mère aimante, trop de frères et de sœurs, l'aînée morte dans un sale accident de voiture, un frère demeuré dans leur petite ville d'origine, où il avait eu beau trimer, il n'était arrivé à rien, tandis que lui, Simon, avait travaillé dur, pris soin de procéder à quelques « sages investissements » et vivait à présent « très à l'aise ». Considérant sa Rolex et ses boutons de manchette Cartier, Saz ne put s'empêcher de comparer cette notion du confort avec ses propres problèmes de répondeur. Elle croyait à peu près autant son histoire d'investissements avisés que celle dans laquelle il se lançait maintenant, à propos de son épouse qui ne savait pas le comprendre.

Le détournant de ses insatisfactions matrimoniales, Saz revint à la question de ses affaires.

— Mais racontez-moi comment vous vous êtes établi ici. Parce que bon, c'est un endroit… formidable, ma foi, et étant donné ce que vous racontiez de votre enfance malheureuse, c'est d'autant plus impressionnant d'avoir aussi bien réussi maintenant.

À ce stade, Saz avait manœuvré pour se retrouver assise par terre à ses pieds, adoptant des allures aussi proches que possibles de l'acolyte baba devant ses exploits, et Simon James, comme tant d'autres beaux garçons avant lui, ne parvenait pas à croire que Saz ne s'intéressait vraiment qu'à ses glorieux récits de bravoure.

James afficha un sourire confiant de riche éméché et se lança.

— Eh bien, chérie, tout d'abord, j'ai pris soin d'ouvrir mes esgourdes.

Saz hocha la tête.

— D'écouter sans arrêt et de ne jamais interrompre les gens. Du coup, j'ai appris plein de choses. J'ai travaillé le soir et le week-end pendant que j'étais au lycée, j'ai économisé le moindre centime, et après ça, j'ai voyagé : parcouru les casinos d'Europe et des États-Unis, et rencontré des messieurs de la haute. Des riches, des hommes d'affaires, et d'autres si fortunés qu'ils ne s'intéressaient même pas aux affaires. Je buvais en leur compagnie, et je les écoutais, et ils me racontaient ce que je voulais. C'était un peu comme de faire des sondages.

— Mais où avez-vous trouvé l'argent pour vous rendre dans tous ces clubs ?

— Je ne viens pas de te dire de ne jamais couper les gens, chérie ?

— Désolée, simplement... ça m'intéresse. Enfin, vous, je veux dire.

Saz sourit et James reprit.

— Je ne dis pas que je ne travaillais pas, à l'époque, j'avais des petits boulots – livreur, des choses comme ça – mais rien de trop dégueulasse, j'aime bien garder les mains propres. Je refuse de me salir les ongles. Et j'écoutais, j'entendais ce que ces hommes avaient à dire. J'ai décidé de monter le genre de club qu'ils voulaient : l'offre et la demande, donner ce qu'il veut au public.

— Et c'est tout ?

— Oui, c'est tout. Des flopées de blondes aux yeux marron, des filles futées qui savent comment parler et quand se taire – et pas une prostituée. Aucune fille de petite vertu. Tu ne peux pas savoir à quel point ça compte. Ces hommes peuvent obtenir toutes les femmes qu'ils veulent – ils n'ont pas besoin de débourser un sou pour ça – et ils ne veulent pas fréquenter des femmes qui sont du genre à se vendre.

Saz sourit, le détestant de plus belle, et s'abstint de mentionner qu'à son avis, changer de couleur de cheveux et d'yeux et flatter des vieux concupiscents était tout autant une forme de prostitution que la méthode traditionnelle. Elle se contenta d'ajouter :

— Bon, mais on leur prend tout de même leur argent, non ?

— Oui, et ils le savent. Ça ne les gêne pas de sortir des sommes exorbitantes pour du bon champagne, ça fait partie du jeu qu'ils sont préparés à jouer, mais ils ne sont pas disposés à payer pour des femmes. Quelles qu'elles soient.

Non, songea Saz, et c'est bien ce qui fait d'eux des enfoirés à la petite semaine.

« Tu sais », poursuivit-il, reposant son whisky et tendant un verre instable afin qu'elle le remplisse, « ce qu'ils adorent chez moi, c'est qu'ils ne risquent rien. Les contrats qui se concluent ici ! Quand j'y pense... Surtout là-haut, en Juillet », précisa-t-il, faisant référence à la salle de bridge située au dernier étage de l'immeuble. « Ils se trouvent des partenaires aux cartes et ils en profitent pour convenir d'affaires, j'ai déjà vu ça arriver, c'est un peu comme donner rendez-vous à une inconnue sur une simple petite annonce : s'ils trouvent un bon partenaire aux cartes, ils se disent qu'on doit pouvoir faire de bonnes affaires avec. Les gens se découvrent plus d'associés ici que dans *La croisière s'amuse*, chérie ! »

Le débit de James ralentissait, à présent, or Saz voulait qu'il continue. Il y avait probablement quelque chose de louche derrière cette histoire d'affaires conclues sur place, sans doute en rapport avec le type de commerce dont il s'agissait, mais on pouvait difficilement considérer ça comme illégal en soi, et Saz avait le sentiment que James, malgré toute son arrogance, en savait beaucoup plus que ce qu'il était prêt à dire. Elle afficha une tête d'innocence puérile absolue et s'enquit : « Et les Anglaises, Simon ? Comment nous trouvent-ils ? »

— Bon sang, s'esclaffa James, qu'est-ce que vous êtes égocentriques, vous les filles ! Je te parle des plus grands cerveaux de la deuxième moitié du vingtième siècle question business, et toi, tout ce qui te tracasse, c'est de savoir si tu es suffisamment mignonne. Ah bon Dieu ! Ces femmes ! Je vais te dire ce qu'ils pensent des Anglaises. Ils vous préfèrent en pigeons voyageurs qu'en poulettes, si tu vois ce que je veux dire.

James rugit de rire devant sa blague et releva Saz qui se retrouva agenouillée pile devant lui. Lui maintenant le bras droit, il lui ébouriffa les cheveux de sa main libre.

— Ils trouvent, Septembre – et je te préviens, TOUTES les Anglaises s'appellent Septembre, parce que c'est en septembre que je suis arrivé ici pour la première fois... Elles se font appeler comme ça leur chante, mais moi, c'est Septembre... Donc, mes hommes d'affaires trouvent qu'avec votre compétence innée en matière de plateaux et d'assiettes de gâteaux pour le thé, vous faites les meilleures porteuses du monde.

Saz dit : « Ah oui ? », se demandant jusqu'où elle pouvait aller dans la bêtise sans susciter de doutes.

— Ne me fais pas le numéro de l'idiote, chérie, forcément que tu vois, tu es futée, autrement je ne t'aurais pas engagée.

— Idiote ?

— Ouais, chérie. Serais-tu en train de me dire que tu ne sais pas ce que c'est qu'un pigeon voyageur ?

— Bon, d'accord, mais ce que je vous dis, c'est que ce n'est pas dans mes projets.

— Ne t'inquiète pas, tout le monde doit bien commencer quelque part. Prends donc ma veste et on va voir comment tu peux débuter.

Saz obtempéra. Sentant dans la poche un poids reconnaissable entre tous, celui d'un pistolet, elle déposa le vêtement aussi loin que possible de son propriétaire, sur une chaise proche de la porte. Au passage, elle baissa encore plus les lumières et prépara un autre whisky. Traversant la pièce pour atteindre le fauteuil dans lequel il était affalé, elle lui tendit le verre et lui demanda s'il voulait qu'elle lui masse les pieds.

— Oui, chérie, super idée. Commençons par là. Ha ! À mes pieds ! Excellent début.

James se laissa aller en arrière, prit une longue gorgée de whisky et ferma les yeux. Saz lui ôta ses chaussures, bénit mentalement son professeur de réflexologie, et entreprit d'expédier Simon James au pays des rêves pour l'un des sommeils les plus profonds de sa vie.

Au bout d'un quart d'heure de ronflements, elle se leva et quitta la pièce pour filer directement vers le bureau situé en bas de l'escalier.

Il était maintenant quatre heures et demie, et le bâtiment était vide. Les seules lueurs provenaient des réverbères de la rue et de la lumière ténue de la pièce où dormait James. Elle laissa la porte entrouverte et descendit quatre à quatre les deux volées d'escalier menant au bureau, faisant halte dans le vestiaire des filles afin de récupérer son sac et son manteau. La pièce était comme elle se l'imaginait : les dispositifs de sécurité compliqués dont James s'enorgueillissait à juste titre n'étaient pas encore activés, la clé de monsieur étant indispensable pour mettre en route le système. Et la porte n'était pas encore fermée à clé – à côté de son bureau, James disposait d'un grand dressing à l'ancienne comportant un lit, dans lequel, n'ayant pas prévu de sombrer dans les bras de Morphée, il comptait à l'évidence entraîner Saz.

Elle entra et alluma la lampe de bureau. Un sous-main présentant quelques griffonnages incompréhensibles, et deux photos dans des cadres en argent : une qui représentait probablement son épouse, une petite brune à l'air assez intéressant, et une autre d'une vieille femme, un cliché noir et blanc où celle-ci fixait l'appareil d'un air incertain. «Ainsi, Simon, tu ne mentais donc pas au sujet de ta maman adorée ! Brave garçon. Je suis sûre qu'elle est très fière de toi maintenant ! »

Elle s'attaqua aux tiroirs. Celui du haut n'était pas fermé à clé et contenait quelques messages, ainsi que des objets sans grand intérêt – hormis les clés permettant d'accéder aux autres.

« Eh bien ! Tu es moins méfiant que je le serais à ta place ! »

Elle essaya les autres tiroirs ; le deuxième renfermait un miroir, quelques lames de rasoir et une petite boîte en cristal contenant de la colombienne – presque pure, à en croire ses papilles.

« Ah, des progrès, enfin. Quel dommage que je sois si obsédée par ma forme physique ces temps-ci ! »

Le prochain en descendant comportait de nombreux dossiers – essentiellement fiscaux et salariaux.

« Eh bien, James, si je voulais ta peau, il suffirait sûrement que j'envoie ça aux impôts, mais j'ai d'autres lièvres plus jolis à courir, malheureusement. »

Elle referma à clé les deux tiroirs, remit les clés dans celui du haut, pour se consacrer au meuble à dossiers suspendus. Ce fut plus facile, car ainsi qu'elle s'y attendait, il était fermé à clé, mais elle savait très précisément comment l'ouvrir à l'aide de ce petit trombone pris sur le bureau. Elle se mit en devoir d'éplucher les dossiers. Rien dans le tiroir du haut, ça ne parlait qu'immobilier et prix des terrains, sans compter quelques documents qui, pour être nécessairement suspects, n'étaient pas d'un grand intérêt en ce qui concernait la Septembre originelle.

Dans le troisième tiroir, Saz découvrit ce qui l'avait amenée là. Un dossier qui, mois après mois, jour après jour, recensait les filles.

« Ah, que ne donnerait pas cette chère Colleen du vaisseau spécial Entreprise pour que mes comptes soient aussi bien tenus ! »

Saz retira la chemise du dossier suspendu et vacilla en voyant que les premières pages, proprement agrafées, la concernaient. Elle sentit un poids tomber sur son estomac en découvrant les commentaires inscrits de l'écriture informe et reconnaissable de James :

Nom : « Mary » (pseudo ?)

Contact : Janice Green (« Juin » 1987/88). NB : l'appeler rapidement pour vérifier.

Cheveux : Peroxydés.

Yeux : Naturels (marron foncé).

Statut : Pas mise à l'épreuve (prévoit de repartir en GB d'ici qq. semaines, se propose de revenir plus souvent) – régulière ??

Au dos de la page se trouvait le numéro de téléphone de Caroline avec une note disant de vérifier son adresse.

Il y avait quatre autres Septembre dans le dossier, certaines aux cheveux pas encore peroxydés, et Saz décida de les prendre en photo plutôt que les voler. Elle plongea la main dans son sac, en sortit le petit appareil qu'était parvenue à lui dénicher Caroline et, priant pour qu'il fonctionne correctement, entreprit de photographier les documents – les autres filles avaient chacune sa fiche, que Saz ne prit pas la peine de lire maintenant : si elles étaient susceptibles de jouer les « pigeons voyageurs », comme disait James, il lui faudrait de toute façon vérifier leurs vols et dates de départ, et ce n'était sûrement pas le moment approprié pour se mettre à décortiquer les infos.

Elle venait juste de prendre la dernière photo quand elle entendit le pas de James dans l'escalier qui surplombait la pièce. « Septembre ? hurla-t-il. Tu es encore là ? »

Saz remit en place le dossier « Septembre », referma le meuble aussi silencieusement que possible, le verrouilla de nouveau et jeta l'appareil dans son sac. Saisissant ce dernier, ainsi que son manteau, elle se précipita dans le dressing et tira la porte derrière elle.

Simon James fit irruption dans son bureau et vérifia immédiatement les tiroirs de sa table de travail et
de son meuble à dossiers suspendus. Il ouvrit ensuite
d'un coup de pied la porte de son dressing, actionnant
l'interrupteur du plafonnier et braquant son pistolet
en plein sur la tête de Saz.

« Qu'est-ce que tu fous ici, bordel ? » demanda-t-il
d'un ton impérieux.

17

Fonctions physiologiques

Saz leva les yeux depuis le lit où elle était étendue nue, à peine recouverte d'un drap, et afficha un sourire :

« Je t'attendais, Simon. Pourquoi ? »

James éclata de rire. Après dix ans passés dans le métier, c'était bien l'attitude à laquelle il s'attendait de la part de la plupart des filles qui travaillaient pour lui. Il s'était malgré tout imaginé que celle-ci serait différente, avec la vague impression qu'elle recherchait autre chose que ce qu'elle prétendait ; mais non, en fin de compte, cette nénette-là était comme toutes les autres : peroxidées ou blondes naturelles, c'étaient, au bout du compte, de simples femmes. Il posa l'arme et desserra sa cravate.

— Je n'avais pas l'intention de m'endormir là-haut, ma belle. J'espère que je ne t'ai pas fait attendre trop longtemps.

— Oh, non, Simon, ronronna Saz. C'est très bien, ça m'a permis de descendre ici me mettre à l'aise. Chouette, ton lit ! Il est très… spacieux. Et cette photo, c'est ta mère ?

Saz désigna le portrait en pied qui se trouvait sur la table de nuit : il s'agissait sans conteste de la même femme que dans le bureau, mais avec de nombreuses

149

années en moins, et souriant directement vers l'objectif, sur fond d'océan et de petites vagues venant lui lécher les chevilles.

— Ouais. On était en vacances. Dans le Maine. Mon père n'était pas avec nous – on a passé un moment super. De la chaleur. Du soleil. Et ça n'a aucune importance. Viens par ici, Septembre.

Simon avait l'élocution quelque peu malhabile, mais plus assez pour dénoter une ivresse profonde. Son petit somme semblait, hélas, lui avoir conféré un regain d'énergie. Saz soupesa promptement les possibilités et décida que le plus sûr était de continuer à jouer le jeu. En conséquence, laissant le drap lui dévaler le long du corps, elle se glissa hors du lit et traversa la pièce pour se porter à sa hauteur. James étudia sa plastique pendant qu'elle avançait.

— Tu es super bien foutue, ma belle. Tu fais de la muscu ?

— Pas vraiment, Simon. Je cours. Je nage un peu. Je n'aime pas les salles de sport. Ça ne me plaît pas du tout d'avoir chaud et de transpirer devant un tas de monde, je préfère le faire avec une seule personne, si tu vois ce que je veux dire…

Simon James voyait. Il la prit par le bras gauche et l'attira vers lui. La rapidité de ce mouvement et la froideur de la soie de la chemise d'homme sur sa peau étonnèrent Saz, qui laissa échapper un râle de surprise. Simon James le prit pour un gémissement de plaisir. Il se mit à l'embrasser. Dès lors, Saz ne douta plus qu'elle risquait gros. Soit elle se laissait faire et couchait avec un homme pour la première fois en presque huit ans – sauf qu'au moins, lors de la dernière occasion, elle en avait eu envie – soit, et c'était de loin le choix le plus attractif, elle trouvait le moyen de se tirer de là. Toutefois, même si elle avait décidé de grimper dans le lit de James parce que ça paraissait moins risqué que d'être prise sur le fait le nez dans ses fichiers, il semblerait pour le moins curieux qu'elle fasse marche arrière maintenant. Il y avait peu de chances pour que James soit suffisamment éduqué en matière de féminisme et comprenne un concept aussi admis que «j'ai changé d'avis et j'en ai absolument le droit». En fait, elle soupçonnait carrément qu'avoir à la brusquer pour parvenir à ses fins l'exciterait encore plus. Brusquer, ou pire. Non, le projet d'évasion se devait d'être beaucoup plus rusé. Et, tandis qu'il faisait courir sur son dos des ongles artistiquement manucurés et l'étreignait contre sa joue lisse, rasée de près, elle prit conscience qu'il lui faudrait trouver une meilleure excuse que toutes celles qui étaient en train de lui passer à toute vitesse par la tête. James l'attira plus près, son fin costume en laine frottant contre la peau de Saz. Elle lui rendit son baiser, le cerveau toujours à la poursuite d'une excuse, n'importe laquelle, afin de pouvoir battre en retraite. James la poussa vers le lit. Saz s'y laissa tomber, roula sur elle-même et entreprit de lui masser le dos.

— Je vais t'aider à te détendre, Simon.

James se retourna pour essayer de l'embrasser encore.

— Je ne veux pas me détendre, chérie. C'est bien la dernière chose que j'aie en tête.

Il ne mentait pas. Saz se dégagea et, se préparant à accepter l'inévitable, fit mine de vouloir s'éclipser un instant.

— Pardonne-moi, Simon, mais je dois aller faire un tour à la salle de bains.

— Qu'est-ce qu'il y a? Quelque chose qui ne va pas?

— Non, du tout, rien, tu es un mec super, Simon… mais je n'ai pas envie de tomber enceinte.

James eut un sourire et se rallongea.

— Ah oui, exact. Tu trouveras tout ce dont tu as besoin sur la gauche, dans l'armoire de toilette. Mais ne sois pas longue, je ne veux pas que le soufflé retombe.

Saz sourit et passa la main sur sa longue cuisse musclée au moment de quitter la pièce.

— Non, non, j'en ai pour une minute.

Elle se dirigea d'un pas nonchalant vers la salle de bains, ondulant au passage pour imiter au mieux une Mae West nue.

Une demi-heure plus tard, elle se rhabillait aussi vite que possible, récupérait son sac et son manteau sur le fauteuil et s'avançait vers la porte.

— À demain, Simon. Bonne nuit.

— C'est ça.

« Et hop, voilà. J'ai couru presque tout le trajet du retour, et je l'ai laissé bouder là-bas comme un petit garçon ! »

Caroline et Saz rigolaient, allongées sur le lit, dans la lueur faible du petit matin qui filtrait à travers les stores.

« Je n'arrive pas à croire que tu t'en sois tirée comme ça !

— Bah, il était très bourré, peut-être qu'il cherchait juste une excuse pour s'endormir ?

— Mais tu t'es vraiment entaillé l'orteil ?

— Ouais. Un peu extrême, je l'admets, mais je préfère une petite plaie au pied que... ben, que de passer à la casserole.

Saz avait joué à quitte ou double, pariant sur le fait qu'elle savait les Américains en général plus délicats que leurs homologues anglais ; les poils leur répugnaient sur les femmes, d'habitude, et ce dégoût était susceptible de toucher jusqu'aux fonctions physiologiques normales de la féminité. Saz n'ignorait pas non plus que James se montrait particulièrement tatillon au club, exigeant que tout soit absolument immaculé ; comme il se mettait dans des colères folles si les filles avaient ne serait-ce qu'un grain de poussière sur leurs chemisiers blancs, il n'était pas exclu

152

qu'il refuse de la laisser tacher ses draps en soie. Elle était partie dans la salle de bains, avait trouvé le coupe-chou dont il se servait, et s'était fait une minuscule entaille sous le gros orteil. Après quoi elle était revenue dans la chambre, porteuse de quelques gouttes de sang en haut de la cuisse. Là, elle avait plongé vers son sac, en avait sorti plusieurs tampons tout en continuant de papoter un instant, avant de relever la tête vers James allongé sur le lit. Lui était entièrement vêtu et armé, elle était nue et vulnérable, et pourtant elle avait remporté la partie : l'érection qu'il avait si vigoureusement pressée contre elle se résorbait rapidement.

— Merde !

— Je suis désolée, Simon, vraiment. Je me rattraperai une autre fois.

Saz avait tendu la main pour lui caresser le bras et, le sentant tressaillir à son contact, avait compris qu'elle pouvait aller encore plus loin.

— Parce que, si tu veux que je fasse autre chose…

— Non !. Ça ira. Contente-toi de rentrer chez toi et de me laisser dormir. J'ai perdu quasiment toute ma nuit avec toi, alors maintenant, dégage !

— Je suis désolée, Simon. Vraiment.

Saz engloutit ses dents dans un nouveau beignet et s'esclaffa une nouvelle fois.

— Oh, Carrie, si tu avais pu voir sa tête !

Elle avait pris des gobelets de café et des *donuts* sur le chemin qui la ramenait chez Caroline, sachant qu'elle ne pourrait s'empêcher de réveiller cette dernière pour lui narrer sa Grande Évasion, et que celle-ci n'accepterait d'écouter l'histoire qu'au prix d'offrandes de bouche.

— Doux Jésus, tu as eu de la chance, Saz !

— La chance n'a rien à voir là-dedans. Je trouve qu'il s'agit de génie pur et simple, dans une situation aussi perdue d'avance !

— Ouais, mais tu ne trouves pas ça un peu suspect, politiquement parlant, d'alléguer qu'on a ses règles ?

— Je n'ai rien dit. C'est lui qui a supposé. Tu trouves que j'aurais dû me le taper ?

— Non. Mais tu aurais pu saisir cette chance de lui enseigner les joies des fonctions naturelles du corps féminin !

— C'est ça, Carrie. Eh bien, puisque tu y tiens, ne te gêne surtout pas pour lui envoyer un exemplaire de *Mon corps m'appartient*, mais moi, je préfère qu'il persiste dans l'ignorance, si ça ne te dérange pas.

— D'acc. Bon, et la prochaine étape, c'est quoi ?

— Moi, je prends le premier vol pour Londres, et toi tu tires ces photos aux aurores pour que je puisse lire les infos dans l'avion.

— Qu'est-ce que tu as réussi à prendre ?

— Tous les dossiers marqués « Septembre ».

— Bravo, mais mon numéro de téléphone n'est pas resté dans ses fichiers ?

— Si. Je vais appeler la compagnie de téléphone pour qu'ils t'en changent. C'est le seul truc que je lui aie donné te concernant. J'ai dit que je n'arrivais pas à me souvenir de l'adresse – j'étais censée la lui fournir demain, mais il va pouvoir poireauter. Je te laisserai du liquide pour les frais de changement de ligne, j'ai vraiment gagné suffisamment de sous au cours de la semaine dernière ! Bon, tu peux avoir les photos pour quand ?

— Cet après-midi, je pense. Je dois faire un tour à la fac, et je m'y collerai en arrivant. Pourquoi tu n'appellerais pas les aéroports pour savoir à quelle heure tu as un avion ?

Saz partit téléphoner pendant que Caroline s'habillait. Celle-ci était en train de faire un sort au dernier beignet lorsque Saz revint.

— J'ai appelé les télécoms, et ça roule, tu auras un nouveau numéro après-demain. L'argent est sur la table du couloir. Et il y a un vol pour Heathrow qui part de JFK à dix-huit heures trente. Donc, si tu penses pouvoir t'arranger pour que les photos soient prêtes à temps, je réserve une place.

— Un peu *just*. Ce ne sera pas prêt au moment où tu devras quitter l'appart, il faut que tu y sois très à l'avance pour régler ton billet. Je vais les amener à l'aéroport, je devrais pouvoir t'y rejoindre vers quatre heures.

— Bien. Encore une dernière chose avant que je commence mes bagages.

— Quoi ?

— Pour être sûre que tu ne te fasses pas enquiquiner par Simon James, je vais lui laisser une lettre d'explications, lui dire que je reprends mon périple, ou quelque chose comme ça.

— Merci. Parce que bon, j'ai vraiment envie de rencontrer des New-Yorkais, mais on ne peut pas dire qu'il figure parmi mes priorités en matière d'autochtones.

Saz posta l'enveloppe depuis l'aéroport. C'était formulé avec soin et juste assez mufle pour paraître crédible.

Cher Simon,

Tout d'abord, permettez-moi de m'excuser de ne pas vous annoncer cela de vive voix, mais je ne pouvais vraiment pas supporter l'idée de vous faire mes adieux. Je suis terriblement désolée de la façon dont s'est terminée la soirée d'hier. C'est quelque chose que j'attendais, croyez-le bien, et j'espère que c'était aussi le cas pour vous. Mais j'imagine qu'il était dit que ça ne devait pas marcher. Je n'ai pas été entièrement sincère avec vous, Simon. Pour vous dire la vérité, j'ai effectivement un ami, mais j'ai laissé mon attirance pour vous m'aveugler quant à mes responsabilités envers lui. Ça fait maintenant un moment que ma relation avec lui bat de l'aile, et je crois que je me suis

simplement servie de vous pour voir ce que j'éprou-
vais envers lui. Eh bien, à la vérité, j'ai découvert que
je l'aime. Voilà. C'est dit. Et je pense que c'est à vous
que je dois de le savoir. Je repars maintenant auprès
de lui pour tenter d'arranger les choses. Merci.

Avec toute mon affection,
Septembre.

Elle s'était interrogée sur cette dernière formule, mais avait conclu qu'il était probablement assez suffisant pour la prendre pour argent comptant, et les filles devaient souvent partir sans prendre la peine de prévenir.

Le haut-parleur effectuait le dernier appel pour l'embarquement de son vol à destination de Londres quand Caroline se précipita dans le hall. Saz s'empara du dossier que celle-ci lui tendait.

— C'est ce dont on a parlé ? Comment ça se fait que tu aies mis autant de temps ?

— J'ai dû attendre des siècles qu'une place se libère dans le labo.

— Merci ma puce, tu as été géniale. Dis à ton père qu'au moins, ce cours de photo valait bien tout son argent durement gagné ! Bon, chérie, c'était super, mais je dois emb...

— Attends !

— Je ne peux pas, Carrie, je suis déjà en retard. Si c'est pour me dire que tu as toujours su que tu m'aimais, passe-moi un coup de fil.

— Non, Saz, attends ! C'est à propos d'une des photos.

— Elle n'est pas bien tirée ?

— Si, mais...

— Alors, où est le problème ? Dépêche, je suis en retard.

— Je la connais !

— Qui ça ?

— La fille sur la photo… Enfin, pas personnellement, mais…

— Comment elle s'appelle ? Tu penses que c'est ma Septembre ?

— Accorde-moi une minute.

— Je ne peux pas. Ce putain d'avion est prêt à décoller. Comment elle s'appelle, bon Dieu ?

— Je ne sais pas. Je ne l'ai vue qu'une fois, ça a duré à peu près cinq minutes. Elle connaît Annie.

— Annie Cox ?

— Ouais. Elle sort avec Maggie. Tu sais, Maggie, l'amie d'Annie. Maggie comment, déjà… La comique.

— La comique ? Maggie Simpson, tu veux dire ?

— C'est ça. C'est sa petite amie. Ton Simon James a une photo de la petite amie de Maggie.

18

Sport d'équipe

Saz atterrit à Heathrow au petit matin et rangea les précieuses photos dans son sac. Elle avait passé les cinq dernières heures à contempler celle de Septembre – ou du moins, de la seule qu'ait reconnue Caroline. Elle avait lu les notes du fichier – probablement aussi fausses que celles la concernant –, puis contemplé la photo en tentant d'en obtenir des réponses. Comme c'était en noir et blanc, elle avait beau voir ses cheveux, courts et foncés, la couleur des yeux était moins sûre : quelque chose de sombre, à l'évidence, mais ils pouvaient être noisette, ou même vert sombre. Et puis, ce n'était pas parce que Carrie l'avait reconnue qu'il s'agissait aussi de «la» Septembre de John Clark. Elle changea son argent, «les» maudissant de l'exorbitante commission qu'»ils» prenaient, pour ensuite rentrer chez elle en bus. Son appartement, lorsqu'elle y parvint enfin, était glacial, et c'est ainsi que vêtue de pied en cap, et ignorant la diode insistante de son nouveau répondeur, elle se faufila dans son lit pour s'endormir, non sans un dernier regard en direction des quatre Septembre étalées contre le miroir de sa coiffeuse.

Lorsqu'elle s'éveilla en cette matinée bien entamée, sa première pensée fut pour elles. «OK, les filles, c'est votre grand jour ! Nous allons déjeuner avec M. John Clark. »

Elle écouta ses messages – trois de sa mère exigeant de savoir où elle se trouvait, un de Cassie voulant qu'elle joue de nouveau les baby-sitters, et un d'Helen lui disant que, de son point de vue, John Clark était propre comme un sou neuf.

« Il est exactement ce qu'il prétend être, Saz. Une épouse, deux gamins, et pas de boulot. » Une fois confirmée sa croyance en la droiture, judiciairement parlant, de John Clark, elle appela ce dernier chez lui, en priant pour que Mme Clark ne parvienne pas la première au combiné.

— John Clark à l'appareil.

— John, c'est Saz Martin.

— Oh… Euh… Ah…

— Ne vous inquiétez pas, votre femme est à côté ? Contentez-vous de répondre par oui ou par non.

— Oui.

— Très bien, je pose les questions. Des nouvelles de votre côté ?

— Non. Aucune.

— Bon, eh bien de mon côté, j'ai plusieurs photos que j'aimerais vous montrer. Quand pouvons-nous nous retrouver ?

— Aujourd'hui ? Pour déjeuner.

— Au même endroit que la dernière fois ? Deux heures, ça vous va ?

— Oui, ça devrait aller. À tout à l'heure.

Saz reposa le combiné en se demandant quel mensonge il pourrait bien invoquer auprès de sa femme puis, avec un profond soupir, appela sa mère.

John Clark pénétra dans le café, l'air encore plus défait que lors de leur dernière rencontre. Au début, à cause des cheveux, il ne la reconnut pas. Et quand il percuta, cela le décontenança plus qu'un peu – Saz

160

comprit qu'elle aurait dû le prévenir qu'il la trouve-rait là porteuse des mêmes mèches blondes que sa Septembre à lui. Une fois son café commandé, il prit place à côté d'elle. Il était visiblement inquiet.

— C'est l'argent, voyez-vous, mademoiselle Martin, je vais en avoir besoin bientôt, je n'avais jamais ima-giné que l'emprunt puisse se prolonger à ce point. Elle disait n'en avoir besoin que pour quelques semaines – elle pensait pouvoir tout régler.

— En avez-vous parlé à votre femme ?

— Non, je ne veux pas qu'elle s'inquiète.

— À mon avis, il lui suffit de vous regarder pour cela. Enfin, peu importe, ne vous tracassez pas au sujet de mes honoraires pour l'instant.

— Mais, et votre billet d'avion ?

— J'ai gagné un peu d'argent sur place. Je vais vous expliquer.

Saz lui parla de *Calendar Girls* et surtout des blondes aux yeux marron, quoique en laissant de côté les détails les plus sordides, et lui présenta les photos. Il les consulta d'assez près toutes les quatre et paraissait sur le point d'écarter les deux filles aux cheveux foncés quand, retenant soudain sa respira-tion, il s'empara de l'une d'elles pour la regarder de *très* près.

— Voilà ! C'est elle.

— Vous êtes sûr ?

— Vous voyez cette cicatrice ?

— Où ça ?

— Cette petite trace, là, sous son œil gauche.

— Non, je ne vois rien.

— C'est elle. Il y en a bien une. Le petit creux juste en dessous de l'œil. Bon, je sais qu'elle a les cheveux foncés sur cette photo – mais c'est elle. C'est une mor-sure de chien. La cicatrice. Elle s'est fait ça il y a long-temps. Nous en plaisantions souvent. Elle adore les chiens, voyez-vous. Et cette fois-là, le sien dormait avec son os à ronger et… – c'est un truc de jeunesse –… et quand elle est allée pour le caresser, il s'est rebiffé et l'a mordue. En plein visage. Elle a eu de la chance de ne pas y laisser un œil.

— Et ça vous faisait rire ?

— Il ne faut pas déranger l'os qui dort. Une fois qu'elle m'a raconté cet épisode, elle me répondait systématiquement ça si je l'interrogeais sur un détail qu'elle ne voulait pas révéler.

— Pourquoi ne pas m'en avoir parlé plus tôt ?

— Eh bien, comme vous l'avez dit vous-même, ça ne se voit pas vraiment. Seulement quand on sait que c'est là, et même là, il faut vraiment être à l'affût. Je ne pensais pas que ça puisse être utile à quoi que ce soit.

— Je vous ai demandé de tout me dire.

— Excusez-moi. Mais ça n'a aucune importance maintenant, non, puisque vous l'avez trouvée. L'avez-vous rencontrée ? Elle vit à New York ? Lui avez-vous parlé de moi ?

— Ne vous emballez pas. Non, je ne l'ai pas rencontrée. En fait, je pense qu'elle est ici, à Londres. Et il se trouve qu'elle connaît l'amie d'une amie. Je n'en suis pas encore certaine, mais si tel est le cas, nous devrions avoir remis de l'ordre dans ce foutoir d'ici une semaine.

John Clark parut soulagé.

— Mais si j'étais vous, John, je n'escompterais pas revoir mon argent. Il me semble évident qu'une fille qui exerce secrètement un travail très bien payé d'hôtesse doit avoir d'excellentes raisons de se défaire de seize cents livres.

— Non, mademoiselle Martin. Tout va s'arranger. Dès que je la verrai. Donnez-moi simplement une occasion de lui parler.

— Je vais faire de mon mieux.

Saz quitta le café en se demandant quel genre d'homme pouvait être à ce point amouraché pour croire les histoires de « Septembre ». Elle décida qu'en dépit de ses dehors mornes, John Clark était sûrement l'homme le plus romantique de sa connaissance. Ou le plus stupide.

Le soir venu, elle appela Judith et Helen, ainsi que Claire, pour les inviter à dîner le jour suivant. Avec le message qu'elle laissa sur les deux lignes, elle ne leur laissait pratiquement aucun autre choix que de venir.

« Et en bonne amie fidèle, chacune de vous trois annulera tous ses engagements antérieurs afin de goûter ma délicieuse cuisine et m'entendre raconter comment j'ai frôlé la mort à New York alors que j'entrais par effraction dans un bureau. »

Chacune des trois se présenta diligemment à vingt heures.

En servant le guacamole, Saz les mit au courant du gros des infos récoltées jusqu'à son départ à New York. Elle leur parla de Caroline tout en emplissant les tacos croquants. De *Calendar Girls* en ouvrant la troisième bouteille de vin. Et de l'effet que ça fait d'avoir un pistolet braqué sur la tête.

Claire la décréta complètement folle, et Helen et Judith prirent des airs de policières en tenue pour la réprimander, mais toutes trois s'emparèrent voracement de la photo de « Septembre » quand Saz la produisit. Malheureusement, aucune d'entre elles ne connaissait Dolores, Claire était la seule à avoir déjà vu jouer Maggie Simpson et « aussi étrange que ça paraisse, elle n'avait pas amené sa petite amie sur scène ». Aucune ne pouvait donc confirmer les affirmations de Carrie. Elles reprirent la discussion sur les événements new-yorkais sans avoir avancé d'un poil sur l'identité de Septembre.

— Et tu penses que c'était de la bonne coke ?
— Oui, Jude.

— Depuis quand tu sais faire la différence ?

— Ça fait un bail ! Tu te souviens de cette fête où on est toutes allées, dans cet entrepôt complètement délirant, il y a quelques années ?

— À Camden ?

— Ouais.

— Ça ne me dit rien, tu es sûre que j'y étais ?

— Oui, Claire, tu y étais, et la raison pour laquelle tu ne t'en rappelles probablement pas, c'est que quelqu'un là-bas avait une poudre d'aussi bonne qualité que celle dont je te parle. Je me souviens qu'Helen et Judith se sont taillées en douce.

— Pour ne pas avoir à affronter le bon vieux dilemme des amies qui se droguent…

— … me laissant ainsi me griller les neurones ! Exact, je me souviens, maintenant. Merci beaucoup, les filles.

— Mais comme je le disais, c'était la meilleure que j'aie jamais goûtée. Le type qui l'avait n'arrêtait pas de nous en rebattre les oreilles. Une vedette de feuilleton télé ou quelque chose comme ça, si je me souviens bien. Bref, je n'ai fait que m'en frotter un peu sur les gencives, parce que bien sûr, maintenant que je suis une obsédée de la forme, je ne ferais jamais un truc aussi idiot – et crois-moi, elle était au moins aussi bonne que celle de Camden, sinon meilleure. Et il devait y en avoir dans les vingt, vingt-cinq grammes, comme ça, simplement dans un tiroir de bureau même pas fermé à clé.

— Pas étonnant qu'il n'ait pas dormi plus longtemps.

— Alors, on fait quoi, maintenant ?

— On ouvre une autre boutanche, et on se met en mode détective. Mais avec plus de précautions, cette fois. Je n'ai aucune envie d'avoir à te défendre devant un tribunal américain quand tu te feras extrader pour cambriolage.

164

Saz déboucha le vin et les quatre femmes mirent au point un plan d'action.

— Moi, je vais vérifier ce qu'il en est de ce M. James. Je suis certaine que ce n'est pas son vrai nom, mais je vais lancer une recherche sur lui. On verra bien ce que ça donnera.

— Si ça se trouve, il s'appelle James Simon, chérie.

— Ouais, Jude, c'est ça, et pourquoi pas sir Thomas Beecham?

— Bon, les nénettes, intervint Claire, voyant que l'excès d'alcool encourageait une petite rivalité de couple, je vais appeler mon amie qui travaille à New York. Elle bosse pour la municipalité et elle aura peut-être accès aux documents administratifs genre titres de propriété sur l'immeuble, enfin ce qu'ils ont comme système là-bas, quoi. Ça coûtera probablement la peau des fesses. L'Amérique est censée être le pays des libertés individuelles ultimes – sauf, bien sûr, si on peut se permettre de se payer le contraire.

— Ou si on est trop pauvre pour avoir droit à ces libertés dès l'origine. Ne t'inquiète pas, je peux me le permettre, j'ai gagné beaucoup d'argent quand j'étais là-bas, ne l'oublie pas.

— Ouais, et pour ta peine, tu as failli te faire trucider.

— Merci, Helen, j'avais besoin qu'on me le rappelle.

— C'est ce que je me disais. Et je vais voir ce que je peux déterrer sur notre évaporée. Je vais emporter une reproduction de son portrait et comparer avec nos fichiers de personnes disparues.

— Super. Puisque c'est ça, je vais passer plusieurs semaines à dormir pendant que vous faites tout le boulot pour moi!

— N'y compte pas. Toi, tu vas dans plusieurs cafés-théâtres voir Mme Simpson sur scène, après quoi tu te trouves une bonne excuse pour aller rendre visite à ces deux filles, Annie et Dolores. Il semble que vous ayez plein de points en commun.

Après le départ d'Helen et de Judith, qui se chamaillaient comme à l'accoutumée, Saz alla border Claire dans son canapé-lit. Enfin, pas tant la border que la soulever du fauteuil où elle s'était endormie, puis l'allonger. Après quoi elle-même alla au lit, après avoir réglé la sonnerie du réveil sur six heures du matin.

« Quatre heures de sommeil, un bon jogging, et ensuite, un petit somme, Saz Martin. Après ça, la blondinette n'a qu'à bien se tenir, parce que je gagne du terrain. »

19

Dans la maison de pain d'épice

Je séjournai chez Dolores et Annie – ainsi que toute la famille – pendant presque six mois. Au début, elle appelait quotidiennement. Deux ou trois fois par jour. J'entendais sonner le téléphone et rampais sous les couvertures me cacher dans l'obscurité du lit.

On est plus en sécurité dans le noir. Maintenant, je laisse toujours les rideaux tirés.

Je restai alitée une semaine, au bout de laquelle les coups de fil s'étaient réduits à un par jour. À la même heure, dix-neuf heures tous les soirs, le téléphone sonnait, et je m'efforçais d'étouffer le son à l'aide d'oreillers et de couvertures. C'était toujours Annie qui répondait, et elle donnait la même réponse à chaque fois.

« Je suis désolée, Maggie ne veut pas te parler. Elle ne peut pas venir au téléphone. Elle dort. »

Mes amies et ma détresse se combinaient, me rendant narcoleptique.

Maintenant, je reste éveillée aussi longtemps que possible. Je veille.

Pour la première fois de ma vie, je découvrais ce qu'était l'anorexie. La nourriture me rendait malade, les odeurs de cuisine me donnaient la nausée, l'idée

167

même de manger me créait une boule sèche dans la gorge. Mon corps subissait les affres du manque. Cela dura environ cinq jours, après quoi Keith me fit du porridge. Le porridge, c'est comme la purée : un plat réconfortant, doux, chaud, fade et facile à avaler. Une soupe de flocons d'avoine brûlante, sucrée, collante, préparée avec du lait et recouverte de sucre roux et de crème. En fait, c'était trop riche et ça m'a valu de vomir, mais au moins ça m'a tirée du lit.

J'ai fini par me lever. Obligée. Il fallait changer les draps et je détestais les tableaux de la chambre d'amis. Je me lavai les dents et découvris avoir perdu dix kilos – même la peine a ses bons côtés. Je descendis de cette démarche flageolante qu'ont toujours les convalescents quand ils descendent un escalier – histoire que le méchant puisse les pousser plus facilement. Sauf que cette fois, il n'y avait pas de Max pour me gronder, juste Keith avec une cafetière pleine de café frais. Il m'en versa une tasse, me tendit le journal et des toasts, puis sortit dans le jardin.
« Il y a du soleil par là. Ce n'est pas si mal. »

Mais si, le soleil pénètre dans les recoins et vous fait voir la poussière. Moi, je reste rideaux tirés et toutes lumières éteintes.

Après le café, je le suivis au-dehors. Je laissai les toasts et l'*Independent* sur la table, la nourriture m'intéressait toujours aussi peu, et encore moins les affaires du monde, les miennes étaient plus que suffisantes. Qui plus est, les affaires du monde progressent assez lentement, et ç'avait été la révolution dans ma vie en moins de deux minutes alors que la terre met au moins vingt-quatre heures à effectuer la sienne. Keith était dans le vrai, non seulement il y avait du soleil, mais aussi une douce brise, des chants d'oiseaux, et les cris des enfants jouant dans la cour de l'école à l'arrière de la maison. Ce fut trop pour moi et j'éclatai en larmes. Keith me tendit son immense mouchoir.

« Ce n'est pas aussi hygiénique que des Kleenex, mais ça fait toujours un chouette effet dans les films. Je t'allumerais bien ta cigarette, sauf que tu ne fumes pas. Tu as envie d'en parler ? »

Je nasillai un peu dans son mouchoir, puis un peu plus sur son épaule, et lui racontai ce que je savais, c'est-à-dire pas grand-chose, le fait est, mais assez pour le convaincre de la justesse de mon hypothèse : elle avait une liaison. Il garda le silence durant un temps raisonnable, et puis se mit à prononcer ces paroles sensées que les gens se croient toujours obligés de vous infliger, alors que le seul recours véritable est de ne rien dire, mais ils ne supportent pas le silence de crainte que vous ne le preniez pour une occasion de vous remettre à pleurer.

« Ce n'était peut-être qu'une passade. »

« Il est possible qu'ils n'aient fait que dîner. »

« Tu devrais peut-être en parler avec elle. »

Et finalement, la banalité des banalités…

« On dit que le temps guérit toutes les blessures. »

— Je sais, Keith, c'est moi qui te l'ai dit, ça fait des années que je suis à demi orpheline, rappelle-toi.

— J'essaie juste de t'aider, et de toute façon tu sais que c'est vrai.

— Vrai ou pas vrai je m'en fiche. Je ne veux pas que ça arrive. Je refuse de guérir. Je veux suppurer. Je veux que ça progresse et que ça s'étende jusqu'à la tuer aussi, merde !

— Hé ! Génial ! Elle est debout et en colère !

Passant la porte de derrière, Dolores et Annie s'avancèrent dans le jardin. Dolly portait des sacs de courses et approuvait d'un large sourire mon retour au monde, et Annie s'extirpait de l'étreinte de Dolores, probablement pour ne pas me rappeler ma « perte » récente.

Ma perte récente. On dirait un avis d'obsèques.

Nous dînâmes tous ensemble ce soir-là. Les trois gamins, Dolores et Annie, Keith et moi. Exactement comme n'importe quelle famille recomposée heureuse. J'y croyais presque moi aussi, et on était en train de se lancer dans la bonne vieille engueulade sur qui devra faire la vaisselle quand le téléphone se mit à sonner. Je me figeai. Clouée raide sur mon siège tandis que Dolores et Annie s'entretuaient presque dans leur ruée folle pour atteindre le téléphone avant moi. Ce qui était un petit peu inutile, en vérité, étant donné que je n'aurais pas pu lui parler même si je l'avais voulu, j'avais la gorge trop sèche. Keith et les gamins se mirent à discuter aussi fort que possible pour que je n'entende pas le « Je suis désolée, je te l'ai dit, elle ne veut pas te parler » étouffé d'Annie.

Mais ça ne marcha pas, mes oreilles à rayons X l'entendirent prononcer mon nom. Ou peut-être pas, mais le frisson qui me parcourut l'échine et les convulsions au plus profond de mon estomac signifiaient sans nul doute qu'elle avait dit cela.

Je crois l'entendre murmurer, m'appeler, à présent, mais je sais que ce n'est pas vrai. Elle ne le peut pas.

Annie revint dans la cuisine et me prit la main.

— Tu sais, tu peux lui parler si tu veux.

— Non, elle peut pas, bon sang ! Quel bien ça lui ferait ?

Dolores m'agrippa l'autre main pour appuyer sa thèse.

— Cette salope l'a traitée comme de la merde et Maggie n'est pas du tout forcée de lui reparler de sa vie.

— Je ne dis pas ça, Doll. Je trouve juste que comme Maggie est partie de façon vraiment précipitée, il peut arriver un moment où elle voudra lui parler, et si c'était le cas, ça ne pose pas de problème. D'accord?

Elle avait parlé d'une voix calme, mais le regard qu'elle lançait à Dolores par-dessus ma tête était une menace pure et simple, et Dolores n'eut d'autre choix que de céder. Comme je tremblais encore, elle me mena à l'étage et me borda comme un petit enfant.

Rien de tel qu'une perte pour vous faire redevenir petit.

Je me sens toute petite, là.

Malgré tout, ma nouvelle existence devint vite routine. Je basculai dans la cohabitation avec tous ces gens comme si c'était la chose la plus facile au monde. Ça l'était peut-être, il est sûr que vivre avec six autres amis est forcément plus facile qu'habiter avec une amante quand la relation pourrit. Peut-être parce que ça paraissait si ordinaire, si proche de ce que l'on avait toujours prévu pour moi dans mon bagage génétique et sociologique. Je me levais en même temps que tout le monde vers sept heures et demie du matin, les accompagnais les uns après les autres sur le seuil de la porte avec le sourire quand ils partaient au travail ou en cours, après quoi, pour payer mon écot, je me lançais dans les trucs ménagers, vaisselle, époussetage, et passage d'aspirateur, puis «Woman's Hour» à dix heures et demie. J'avalais ma tasse de café et mes toasts pour faire semblant d'être «réelle». Ça m'évoquait Blanche-Neige. Et quand le feuilleton était terminé, je prenais conscience que la simulation l'était aussi et je retournais au lit pour me remettre à pleurer. Dieu sait ce que les voisins pensaient, peut-être qu'ils étaient au travail, qu'ils ne m'ont jamais entendue. Ou qu'ils ont juste trouvé ça parfaitement logique, tous ces cris en provenance de cette «maison de lesbiennes au coin de la rue». Je me levais ensuite et passais quelques heures debout, mais je m'endormais invariablement à dix heures – tous ces sanglots m'épuisaient. J'y perdis quasiment ma voix et mes yeux restèrent rouges de trop de larmes et de sommeil.

Peut-être que pleurer l'a épuisée aussi.

Elle cessa d'appeler au bout de la deuxième semaine. Dolores dit que Victoria Cook semblait la croire partie. Aux États-Unis, pensait-elle. Cela parut rendre Dolores plus furieuse que moi.

« Comment elle ose se barrer comme ça en vacances ? Merde, mais elle se prend pour qui ? »

Quand il y a le choix entre les émotions, Dolores opte toujours pour la colère – ça disparaît plus vite. Ce qui m'insupportait, moi, ce n'était pas cette idée de vacances, mais le fait que l'information provenait de Victoria Cook.

J'essayai d'expliquer qu'elle avait toujours adoré l'idée d'un voyage en Amérique, particulièrement à New York. Elle en parlait beaucoup, et souvent. Disait que c'était sa ville préférée. Je lui répondais qu'elle changerait d'avis si jamais elle y mettait effectivement les pieds. Mais elle disait que non, certaine que ce serait tout aussi excitant dans la vraie vie.

Sans doute savait-elle de quoi elle parlait, au fond.

Le fait est, ça peut être profondément excitant, New York. Mais il semble qu'elle tarisse un peu d'éloges sur ce point, maintenant.

20

Nourriture d'hôpital

Vers la fin de mon sixième mois chez Annie, je commençais à reprendre pied dans la réalité. Ma vie avait entièrement changé. Je ne me produisais plus, je n'avais aucun de mes effets personnels – j'avais refusé de laisser Dolores retourner chez nous me chercher des affaires. Je n'avais vu aucun de « nos » amis, seulement ceux de Dolores, d'Annie, de Keith. Toutes mes possessions, mes livres, jusqu'à mon carnet d'adresses, se trouvaient dans notre appartement. Je commençais à me sentir de nouveau quelqu'un, mais je n'étais plus sûre de qui était cette personne. Je commençais à devenir « une seule » au lieu d'un couple et j'avais du mal à me figurer ce que je pensais sur à peu près tous les sujets. C'était comme si j'étais lentement venue à la vie, et qu'en regardant autour de moi, je découvrais avoir élu domicile dans les limbes.

Ç'avait été une de mes matinées coutumières – ils étaient tous sortis, le ménage était fait, et mon heure de radio démarrait à peine, un truc sur les femmes managers je crois, et puis le téléphone a sonné. Je me sentais si tranquille intérieurement que j'ai décidé de répondre, mais au moment même où je décrochais, je sus que ce serait elle.

« Maggie ? »

Sa voix, sa douce voix de miel trancha dans mon calme comme un couteau à viande dans la chair chaude du poulet, ma colère et ma peur suintant telles des gouttes de graisse brûlante. Mon cerveau me disait de raccrocher mais mon bras refusait.

— Maggie ? C'est moi, ma chérie.

— Que veux-tu ?

— Eh bien, je...

— Qu'est-ce que tu peux bien vouloir ?

— Toi, mon amour.

Elle se mit à pleurer, sa voix vacillant dans le combiné :

— J'ai besoin de toi.

— Quel besoin ? Qu'est-ce que tu racontes ?

— Je suis à l'hôpital, Maggie. J'ai besoin de toi. Viens, je t'en prie.

Je notai l'adresse, bouclai vite la maison et me précipitai vers elle. Vers le métro. Traversant mes larmes. La tête la première.

J'ai arrêté de courir, maintenant. Mais je ne pouvais pas m'en empêcher à ce moment-là, elle avait besoin de moi et j'allais être présente pour elle. J'allais rester avec elle aussi longtemps qu'elle en aurait besoin, comme une bonne épouse fidèle. Mais en encore plus malsain.

Mais même moi, j'ai mes limites pour ce qui est de la souffrance.

Je la trouvai aux Urgences et Accidentés de la route de King's College. Elle dit qu'une moto l'avait renversée. On aurait plutôt dit un bus. En revenant de chez sa mère. Elle était sortie du métro, avait traversé la route, et boum ! le choc.

En la regardant, j'ai eu l'impression d'être moi aussi passée sous les roues.

Les infirmières qui posaient les questions la cru-
rent. Elles en voient probablement beaucoup. Des
femmes qui se sont fait renverser par des véhicules
rapides. Enfin, c'est ce qu'elles disent. Elle raconta
que c'était arrivé le soir précédent, tard, la moto ne
s'était pas arrêtée. Elle affirma être rentrée à la maison sous le choc, sa propre voiture étant restée au
garage, et elle avait fait tout le chemin jusqu'à la maison sur la Northern Line, n'avait pas eu l'idée d'aller
à l'hôpital. Ni pris conscience qu'il le faudrait peut-
être, jusqu'au moment où elle s'était regardée dans la
glace et avait vu ce qui avait fasciné les autres voyageurs nocturnes. Et jusqu'au lendemain matin, où elle
s'était réveillée en hurlant de douleur. Elle s'était levée
et déplacée jusqu'à l'hôpital. Ils l'avaient envoyée en
radiologie, puis décrété qu'ils préféraient la garder.
« Juste aujourd'hui, ma petite, en observation ». Ils
voulaient garder à l'œil son œil au beurre noir, sa
commotion possible, son entorse à la cheville, ses
plaies au visage, aux mains et aux bras, et sa côte frac-
turée. Je proposai de la ramener à la maison, mais ils
annoncèrent qu'ils préféraient la garder pour la nuit
– indifférents, semble-t-il, aux litanies sur le déficit de
la Sécu. Je la vis souffrir et basculai en mode aide-soi-
gnante. Direct, comme si rien d'autre n'était arrivé,
comme si on ne s'était jamais séparées du tout.

Comme si l'on n'avait jamais été séparées.
Elle dut parler avec une femme-policier, me présenta comme une parente, la femme se contenta de
sourire – c'était peut-être l'uniforme, mais elle me faisait l'effet d'une goudou. L'autre a posé quelques questions au sujet de la moto, du conducteur, auxquelles
elle n'a pas su répondre.

« Je me suis avancée et je suis tombée sur la moto,
c'est tout », ne cessait-elle de répéter. L'autre a noté
deux-trois choses, mais n'a pas paru prendre ça très
au sérieux.

Je me demande à quel degré de souffrance il faut parvenir pour qu'ils ne s'en fichent pas. Des blessures mortelles ?

Ils ont sans doute cette retenue typique de tous les gens qui travaillent dans les professions médicales : une fois qu'on a vu des morts par mutilation, par étranglement, ou par balle, on est peu susceptible de se laisser impressionner par quelques côtes cassées.

Au contraire de moi. J'étais vraiment très impressionnée.

Ils l'avaient lavée et couchée sur un petit lit blanc, dans une chambre stérile avec quatre autres femmes. Je restai en sa compagnie aussi longtemps que possible, mais en fin d'après-midi, ils me firent partir. Ni pressée, ni poussée, juste avec cette fermeté d'infirmière dont l'uniforme dit tout ce qu'il y a à dire et ne vous laisse aucune marge pour discuter. L'infirmière avait mon âge, ou moins, mais c'était son univers et elle détenait tout le pouvoir.

« Il faut que vous partiez, maintenant. Venez. Elle pourra sortir demain, mais pour l'instant elle a besoin de se reposer. Revenez dans la matinée, elle se sentira beaucoup mieux et vous pourrez discuter comme il faut. Allez-y. »

Discuter comme il faut. Je ne me rappelais pas à quand remontait une vraie discussion entre nous.

Cela n'avait-il duré que quelques semaines, ou s'agissait-il de plusieurs mois ? Elle me souriait depuis son lit, et de toute façon nous avions du mal à parler, il y avait trop à dire et on se savait toutes les deux incapables de contenir le torrent de paroles qui nous habitait. On s'étreignit en silence quelques instants, puis je partis. Sans l'embrasser. Elle avait le visage lacéré et couvert d'ecchymoses, de toute façon, et je ne voulais pas la faire souffrir.

Je ne voulais pas souffrir moi.

Je sortis du bâtiment et remontai la rue, avec l'impression de voir tout cela pour la première fois. La rue, les arbres, l'univers. Il paraissait net et brillant. L'année avait avancé pendant que je faisais mon deuil. Et ça me bottait. Beauté. Pour je ne sais quelle raison, j'étais pleine de peur. Et de bonheur. Elle m'était revenue. Elle avait eu besoin de moi. Peu importe où elle était allée, c'est de moi qu'elle avait eu besoin au finish. Peu importe avec qui, c'était à moi qu'elle avait eu recours. À moi qu'elle avait fait confiance. Moi dont elle avait besoin pour la réconforter. J'avais l'impression d'avoir retrouvé une identité. À l'instar du petit bracelet en plastique vert que lui avait attribué l'hôpital. Le sien indiquait son nom et son numéro. Le mien disait « À ELLE ». Je rentrai à pied, me repaissant du faible soleil, nageant dans l'air froid, la tête tournoyant sous l'effet des contradictions. Ça n'avait pas de sens. Et je l'aimais. Elle m'avait effroyablement mal traitée. Et elle m'aimait. Je la détestais. Elle m'avait menti. Trompée. Et je l'aimais. Ça ne cessait de tourner autour de ça. Ça y revenait toujours.

Tout se résume toujours ainsi. Je l'aimais, donc il fallait que je sois avec elle.

Je l'aime. Donc, il faut qu'elle soit avec moi.

Je rentrai à la maison. Notre maison. J'ouvris les rideaux pour faire entrer la lumière. Considérai ce qu'était devenue ma vie. Les cinq pièces, meublées avec goût. Elle avait tout nettoyé, tout gardé propre et prêt. En attendant que je revienne à la maison ? Elle était sortie sans allumer le répondeur, cependant, je ne pus donc m'immiscer dans les messages qu'avait pris sa vie depuis mon départ. Il y avait une pile de courrier qui m'était destiné. En majorité des avis de la banque, des factures, des prospectus et des pubs pour une dizaine de nouvelles pièces. Quelques mots furieux de lieux de spectacle où j'avais annulé mes engagements très peu de temps avant la représentation. Une carte postale de mon père, en villégiature chez ma tante et mon oncle dans le Dorset, avec des bisous de tous, qui me disaient d'appeler plus souvent. Je déambulai dans l'appartement, ouvrant rideaux et fenêtres. Entrai dans la chambre, notre chambre. J'ignorai le lit, tirai à moi la porte de la penderie et contemplai mes vêtements, me demandai pourquoi tout avait l'air aussi rangé, avant de me souvenir que j'étais en train de jeter les vieux trucs quand j'avais « abandonné le domicile conjugal ». Je me faisais l'impression d'être une étrangère. Une intruse.

Je me préparai une tasse de café et rassemblai tout mon courage pour appeler Dolores. Heureusement, ce fut Keith qui répondit.

— Keith ? C'est Maggie.

— Où tu es ? Ça va ?

— Je vais bien. Je suis chez moi.

— Ah ?

— Elle y est, Keith.

— Avec toi ?

— Non, elle est à l'hosto.

Je lui racontai l'histoire de l'accident, à quel point elle paraissait meurtrie, et à vif. Il m'écouta et, comme Dolores et lui faisaient deux, dit :

— Très bien, ma jolie, c'est à toi de voir. Tu sais que tu peux revenir ici si tu veux. Il y a plein de place.

— Je sais. Simplement, j'ai l'impression de…

— Devoir réessayer ?

— Ouais. Enfin je pense, je sais pas, je sais que Dolly va me traiter d'idiote.

— Elle peut causer ! Tu dois faire ce qui te semble

178

juste, Maggie. Parfois, il faut, même quand on sait que ça ne l'est pas.

— Hé, Keith, comment se fait-il que tu saches tout ça ?

— Je suis père, et veuf. Rien, pas même la conscience politique, ne peut t'enseigner tout ce que ça m'a appris. Fais attention à toi, Mag, et appelle-moi si tu as besoin de quoi que ce soit.

Nous raccrochâmes. Je terminai mon café en songeant à Keith. Vraiment symptomatique, même quand j'étais sortie avec des hommes, ils n'étaient jamais comme lui. J'étais toujours tombée sur les salauds, les apollons briseurs de cœurs. Ma meilleure amie d'adolescence héritait toujours des « gentils », ceux qu'on pouvait ramener toute guillerette à la maison pour les présenter à maman – et, bien entendu, elle les avait toujours traités comme de la merde. Gays ou hétéros, les déséquilibres de l'amour sont constants, dissimulés dans les sombres recoins des chambres baignées de rose, attendant de vous faire trébucher, choir, de vous assommer. Se contentant d'attendre, piège silencieux. Qu'il soit de douleur vive ou d'orgasme, le cri est le même quand on ouvre la bouche pour le pousser.

C'est dans notre lit que je m'endormis ce soir-là. Seule, mise à part la forme qu'esquissait à côté de moi ma perception d'elle. Son odeur, mon bras gauche posé à côté de l'endroit où reposait habituellement son bras droit, mes orteils caressant celui où se trouvait toujours son pied. Elle dormait dans un lit d'hôpital, et moi avec son fantôme.

Ça peut faire un compagnon de lit confortable, un esprit.
Dès lors que l'on dort.

21

Crème de rêve

Je rêvai d'elle cette nuit-là. Rêvai qu'elle marchait vers moi, titubant et tendant les bras. J'allais vers elle en courant. Elle pleurait. Mais juste au moment où je l'atteignais et l'enserrais dans mes bras pour la rassurer, elle se changeait en quelqu'un d'autre. Dolores, Annie, Keith, mon père. Et tous se moquaient de moi et me repoussaient, après quoi ça reprenait. J'étais en haut d'une haute falaise et j'allais devoir courir et courir pour l'attraper, et à chaque fois que je parvenais près d'elle, elle se transformait en quelqu'un d'autre. Ensuite le rêve changeait encore et on traversait toutes les deux en courant des couloirs, dans un hôpital je crois. Je ne sais pas ce qu'on avait aux trousses, mais je sais que ça ne cessait de se rapprocher et que ça me faisait peur. Je ne pouvais pas aller aussi vite qu'elle et elle me précédait, me tirant pour que j'avance. Ses doigts étaient plantés dans la chair de mon bras, puis elle perdait prise et me tenait le poignet, me tirait, elle me faisait mal, je ne pouvais pas suivre le rythme, je hurlais pour qu'elle me lâche et elle me lâchait, elle continuait de courir devant moi, refusant de regarder en arrière et m'abandonnant là, dans les ténèbres. M'abandonnant, tout simplement.

Je m'éveillai terrifiée. Seule et terrifiée. Je m'habillai et courus pratiquement tout le long du chemin jusqu'à l'hôpital, décidée à la faire sortir, la ramener à la maison, et l'y garder avec moi.

J'ai réussi.

Ils l'ont laissée rentrer avec moi à la stricte condition qu'elle se repose durant une semaine. Elle avait appelé son bureau depuis l'hosto et s'était fait porter pâle pour un petit moment. Je l'amenai à la maison et débranchai le téléphone. Je voulais que rien ne nous dérange, même les messages sur le répondeur. Elle dormit la majeure partie de la journée, je sortis juste une fois pour refaire les provisions de lait. Tard dans la soirée, elle s'éveilla toute dispose et me rejoignit dans le salon. Elle éteignit la télé et prit place à côté de moi sur le canapé.

— Je crois que je te dois des explications, hein?
— Ouais, on peut dire ça comme ça.
— Je vais te raconter quelque chose. Je veux que tu écoutes toute l'histoire avant d'ouvrir la bouche. D'accord?

J'acquiesçai et restai assise à côté d'elle.

Elle me dit tout. Comment elle avait rencontré John quelques mois après que l'on eut emménagé ensemble, juste au moment où elle avait ces paniques initiales, du genre «alors comme ça, c'est pour la vie?». C'était une mauvaise période entre nous et son travail ne lui offrait que des tâches administratives de routine. Elle s'ennuyait. Alors elle avait accepté de dîner avec lui. Le vendredi, pour que ça ne me fasse pas un effet louche.

— Tes parents n'ont rien dit?
— Je leur ai raconté que je travaillais. C'est important pour eux, le travail, tu le sais.

Elle avait dîné avec lui une première fois, puis une

deuxième, et c'est là qu'elle avait refusé de lui donner son nom. Elle lui dit de l'appeler Septembre. Que c'était plus excitant comme ça.

— Mais pourquoi ?

— Je ne sais pas. J'ai toujours aimé me déguiser.

— Mais tu n'aurais pas pu faire semblant avec moi ?

— Non. Nous, on avait une vraie vie. On l'a. Je ne voulais pas mettre ça en danger avec mon petit jeu.

— Eh, mais avec moi, c'était carrément les jeux Olympiques ! Tu m'as menti de bout en bout.

— Je sais. Je regrette.

Elle aimait ce côté mystérieux. Intrigant. Apparemment, ça lui avait vraiment plu de devoir me mentir. Ensuite, elle me parla de la perruque et des lentilles de contact. Comme au début, je ne la crus pas, elle les sortit de la penderie. Tout au fond, derrière le sac de « peut-être » qui attendait toujours qu'on le trie. Je lui demandai de les mettre. C'était époustouflant. Et moi qui me prenais pour l'actrice, dans notre couple ! Même fatiguée et couverte de bleus comme elle l'était, le résultat était incroyable. Elle paraissait beaucoup plus glamour, pas la beauté étonnante, tranchante, dont j'étais tombée amoureuse la première fois, mais quelqu'un d'un peu plus doux, plus « nana ».

— Une tête pour les filles et une pour les garçons, hein ?

— Je n'ai jamais couché avec lui, Maggie, tu dois me croire. Il me plaisait bien. J'aimais le voir, passer un moment avec lui. Avoir cette sorte d'« autre vie ».

— Et New York, dans tout ça ?

— New York ?

Elle a eu l'air étonné.

— Dans la carte que j'ai trouvée, celle qui était datée de mon anniversaire, il dit : « Passe un très bon séjour à New York. » C'est quoi, ça ? Tu y allais pour te déguiser en rousse ?

— Non, chérie, tu es la seule rousse que j'aie dans ma vie. New York, c'était… simplement pour voir si j'en étais capable.

— Capable de quoi ?

— Ça faisait des siècles qu'on était ensemble, exact ?

— Et après ?

— Je ne tenais plus en place, j'avais peur. Je ne voulais pas rompre, mais je me connais. J'ai tendance à m'enfuir. Je repousse les gens s'ils se rapprochent trop.

— Tu viens juste de t'en rendre compte ?

— Non, mais au bout d'un moment, ça a commencé à me faire peur. Tu voulais toujours que tout soit identique. Tu veux systématiquement tout prévoir à l'avance. Ça me fiche la frousse. John était une façon de contourner le problème, mais même avec lui, c'était devenu une routine. Je m'ennuyais. Non, attends ! Ce qui m'ennuyait, ce n'est pas toi, ni nous. C'était moi. Alors j'ai décidé de voir si je pouvais partir sans que tu le saches.

— Et tu es allée à New York ?

— Ouais.

— Je ne te crois pas.

— Très bien, c'est ton droit. Mais c'est ce qui s'est passé. J'ai pris une place sur un vol de fret aérien, je suis partie le mercredi matin et revenue le jeudi après-midi.

— Je m'en serais rendu compte.

— Tu croyais que je passais la nuit à Bath avec M. et Mme Duncan, des Américains, tu te souviens ?

Je me souvenais.

— Mais tu m'as appelée de Bath !

— Ils ont des téléphones, à New York, Maggie.

— Mais enfin, pourquoi ne m'avoir rien dit ?

— J'en avais l'intention, mais c'était la semaine juste après ton anniversaire, et tu étais très remontée contre moi. Je ne savais pas pourquoi. Tu n'arrêtais pas d'aller à la salle de sport, c'étaient tes seules sorties, et tu refusais de me parler. Je croyais que tu avais quelqu'un d'autre dans ta vie.

— Bon, mais alors, le soir de mon anniversaire ? Sa carte datait de ce jour-là. Tu m'as dit que tu avais passé la soirée dans la voiture.

— J'ai légèrement exagéré. Mais quand je t'ai dit être écartelée entre toi et ma famille, ce n'était pas mentir. Je l'étais vraiment. Je n'avais pas prévu de voir John ce soir-là. Par contre, quand on s'est engueulées toutes les deux, j'ai su que tu avais raison, que je ne pouvais pas aller chez mes parents. Je savais aussi qu'ils avaient raison, cela dit, que j'aurais dû être avec eux pour évoquer la mémoire de ma grand-mère. Alors je vous ai évités des deux côtés. Je l'ai appelé au boulot et je lui ai donné rendez-vous pour boire un verre.

— En lui racontant tout, j'imagine ?

— Non. Il ignore ton existence.

— Quoi ?

— Je t'assure. Je ne lui ai jamais parlé de toi, de ma famille, ni de mon travail. C'était ma règle de base.

— Oh, mais pour l'amour du ciel, tu n'es pas Mata Hari, merde !

— Je sais que ça peut sembler lamentable et incroyable, mais...

— Où vous êtes-vous rencontrés ?

— Chez Waterstones, sur Kensington High Street.

— Qu'est-ce que tu fabriquais là-bas ?

— J'attendais des Américains. Je les emmenais faire des courses. Il avait l'air sympa. On regardait tous les deux les bouquins sur Van Gogh. Ils étaient en solde. Il m'a proposé de m'offrir un café.

Elle avait réponse à tout. Mais je ne comprenais toujours pas.

— Arrête. Même si j'avalais toute ta putain d'histoire, ce dont je me crois vraiment incapable, je ne comprends toujours pas. Pourquoi m'avoir menti ? Pourquoi lui avoir menti à lui ? Pourquoi ?

— Écoute, Maggie, c'est très difficile à expliquer. Je n'ai aucune raison simple et agréable à donner. Je l'ai fait parce que je pouvais.

— Comme faire l'ascension de l'Everest, par exemple ?

— Oui, mais sans les sherpas. Ma chérie, je t'aime. Je t'aime énormément. Mais tu es quelqu'un de très fort. Tu as l'habitude que tout tourne comme tu veux. Tu n'aimes pas que les choses changent. Tu détestes ne pas tout savoir. Tu voulais toujours savoir où j'étais. Tu ne supportais pas de me voir sortir avec mes vieux amis. Tu me voulais toute à toi. Et j'avais besoin de me préserver un jardin secret. D'avoir un morceau de moi qui m'appartienne en propre.

— C'est pour ça que tu t'es inventé ce personnage ?

— Oui. Je l'ai inventé.

Il était maintenant trois heures du matin. J'étais totalement déboussolée. En un certain sens, je me sentais mieux, plus proche d'elle que je ne l'avais été depuis des lustres. Il semblait même que l'on puisse peut-être essayer de recommencer ensemble. D'une certaine façon.

On alla se coucher, elle dans notre chambre, moi dans le canapé-lit. C'était encore trop incertain pour que l'on fasse l'amour ensemble.

Je m'endormis en essayant de rassembler les morceaux du puzzle. Réticente à me défier d'elle, mais toujours animée d'un doute tenace. À un certain moment de la nuit, je m'éveillai avec une question unique, claire. Je sais que j'aurais dû la noter, c'est ce qu'on dit toujours, n'est-ce pas ? Écrire pour ne pas oublier. Mais je ne pris pas cette peine. Au matin, elle s'était envolée, et on essayait de recommencer.

Je sais maintenant ce qu'était cette question.

Puisqu'elle l'avait rencontré pour la première fois au Waterstones de Kensington High Street, comment se fait-il qu'elle portait déjà la perruque et les lunettes ?

Vraiment, c'est dommage que je n'aie pas noté ça la fois où ça m'est venu.

22

Entraînement et circuit

Saz feuilleta son exemplaire de *Time Out*. Selon la rubrique Café-théâtre, Maggie Simpson, « comique vigoureuse et impertinente », se produisait à deux reprises dans des lieux très connus, et selon la rubrique Gay, elle figurait parmi les artistes invités au gala de soutien du Hackney Women's Centre. Saz avait donc le choix entre une salle où elle n'avait jamais mis les pieds, et où elle ne se sentirait probablement pas très à l'aise en blonde nouvellement peroxydée, ou un endroit où elle passerait fort probablement la soirée à éviter de se faire repérer par diverses ex alors qu'elle voulait réserver toutes ses facultés de concentration à Mme Simpson. Elle vérifia les autres possibilités : côté salle de Clapham, Maggie était la seule femme à l'affiche au milieu d'un duo, d'un autre comique et d'une équipe d'improvisation, tandis que le dimanche, au pub de Stoke Newington (« réservé aux femmes », bien entendu), elle passait entre deux poétesses et une chanteuse folk. Ça emporta la décision. Saz trancha qu'une soirée d'échanges sans intérêt entre la scène et le public serait toujours préférable à deux poétesses additionnées d'une chanteuse folk, et se programma une virée à Clapham le vendredi.

Claire appela pour dire que son amie new-yorkaise pouvait se charger des vérifications sur *Calendar*

Girls, mais que comme ça se situait en dessous des limites inférieures de la légalité, ça allait prendre du temps.

— Écoute, Claire. Dis-lui qu'elle a tout le temps qu'elle veut, mais que si elle parvient à boucler ça dans la semaine, elle a en plus mon appart à Londres pour une quinzaine comme si c'était chez elle. Quand elle veut.

— Tu iras dormir où ?

— Sans doute chez toi par terre, ma belle. Allez, dis-lui.

Ainsi motivée, l'amie de Claire décréta qu'elle assurait pouvoir fournir des copies des titres de propriété en quatre jours. Et au milieu du mois d'août, ça irait ?

À neuf heures du soir le vendredi, l'arrière-salle du pub était bondée, et Saz commençait à douter de la sagesse de son choix. Le lieu lui-même n'était pas pire que des centaines d'autres pubs : sale, enfumé et esthétiquement nul. La clientèle se caractérisait elle aussi par son côté plus qu'ordinaire : il semblait y avoir au moins deux bandes de célibataires en goguette, plus une de jeunes femmes tout aussi braillardes, et le reste se regroupait par deux ou trois. Aucune personne seule. Et tous buvaient comme des trous. Saz avait repéré Maggie Simpson dès son arrivée, elle lui tournait le dos, discutait debout au fond de la pièce avec un jeune type qui se révéla plus tard être son comparse. Un Australien, qui avait subi un fort chahut de la salle issu des jeunes gens les plus ivres, mais qui, après quelques mises au point bien sonnées tournant essentiellement autour de l'incapacité des Anglais à boire sans le hurler à la face du monde, était rapidement venu à bout de ses adversaires. Le duo ouvrit le spectacle. Comme tous les autres, c'étaient des garçons. Ils semblèrent passer le plus clair de la demi-heure qui suivit à s'insulter mutuellement, ce pour le plus grand plaisir des groupes tonitruants de jeunes tout aussi vulgaires. Après cela, Maggie fit son entrée sur scène. Saz fut forcée de lui reconnaître un certain courage. Et, si elle-même n'avait pas su qu'il s'agissait d'une gouine, elle ne l'aurait jamais deviné. À l'évidence, les garçons assis à la table devant elle ne s'en étaient pas rendu compte non plus. Les seuls indices transpiraient dans quelques plaisanteries au sujet de « l'élu (e) de mon cœur », dépourvues de référence audible à quelque sexe que ce soit, et beaucoup trop cryptées pour que les garçons qui bavaient sur Maggie puissent s'en rendre compte. Lorsqu'elle eut pris conscience de cela, Saz saisit les sous-entendus de la plupart des plaisanteries, et finit par passer un bien meilleur moment qu'elle ne l'aurait cru. Presque aussi bon que celui des types saouls de la table de devant, qui avaient passé le plus clair du numéro de Maggie à vouloir la maquer avec celui des leurs qui enterrait sa vie de garçon.

À l'entracte, Saz se dirigea vers le bar. Elle s'apprêtait à payer lorsqu'elle surprit Maggie sur sa gauche. Elle paraissait plus petite que sur scène. Et plus jeune. Saz lui sourit.

— Hum, Maggie, j'ai vraiment beaucoup aimé ce que vous faites. Je peux vous offrir un verre ?

Maggie la regardait. Elle sembla d'abord avoir un mouvement de recul, et puis, regardant de plus près, la remercia.

— Euh, oui. Un gin tonic, ce serait bien. Merci.

— Vous êtes très drôle.

— Merci. C'est le but.

— Vos textes sont super.

— Je vous ai vue rire. Vous êtes bon public.

— Je crois avoir saisi l'humour de certaines blagues.

— J'espère bien.

— Non, je veux dire celles qui sont passées inaperçues des garçons.

— Ah, d'accord, celles-là… Ma foi, le public est très hétéro ici, mais j'arrive généralement à repérer les goudous dans l'assistance – et elles comprennent à demi mot.

— Un code spécial lesbiennes, c'est ça ?

— Quelque chose dans ce goût-là.

Une fois parvenues à leur troisième verre, quand le pire de l'impro fut passé, les deux femmes devisaient agréablement. Ce n'était pas la franche camaraderie, Maggie semblait trop réservée pour cela, mais au moins elles discutaient. Saz avait évité les questions sur son propre travail en affirmant qu'elle était jeune créatrice d'entreprise, ce qui au moins était vrai. Elle avait aussi très clairement fait comprendre à Maggie qu'elle était célibataire – et disponible, mais jusque-là, son sous-entendu à elle n'avait pas pris. À la fin de la soirée, Saz était sur le point de renoncer à la piste suggérée par Caroline. Maggie n'avait pas fait mention une seule fois d'une petite amie, et vu la façon dont elle parlait d'elle-même, donnait l'impression de vivre seule. C'est alors que Maggie la scruta.

— Saz, ce que je vais te demander va te sembler très bizarre…

— Vas-y.

— Eh bien, tes cheveux, c'est naturel ?

— Oh non ! Ils sont éclaircis au peroxyde. Ça ne se voit donc pas ?

— Ouais, je sais, je voulais dire… Ce sont tes cheveux, ou c'est une perruque ?

— Oh non, ils sont vrais, regarde. Tu peux tirer, ça ne viendra pas.

Saz ajouta le geste à la parole.

— Pourquoi ? On dirait une perruque ?

— Non. Désolée, simplement… J'ai une amie qui en porte une très similaire. La couleur est la même. Ça te donne des faux airs d'elle. Au début, je t'ai confondue avec. Par derrière. Quand je t'ai vue accoudée au bar. Ça m'a fait un choc.

— Elle n'aime pas les pubs ?

— Non, ce n'est pas ça, simplement je ne m'attendais pas à tomber sur elle ici, c'est tout.

Maggie paraissait inquiète, et ravie de voir le malabar qui s'avançait dans sa direction.

— Oh, Chris ! Génial. Tu as plein de sous pour moi, je parie ?

— Assez, oui. Chapeau pour ton numéro d'aujourd'hui, ma belle. Est-ce que je t'ai réservé ton prochain spectacle ?

— Oui, pour dans deux ou trois mois, je crois.

— Bien, et bravo encore. Très content que tu remontes sur les planches. Tu nous as manqué.

— Merci, Chris. Bon, eh bien, Saz, il est temps que je me rentre, maintenant que je suis payée. Merci pour le brin de causette, et aussi pour le verre.

— Hum, oui. Dis, on pourrait peut-être se revoir ?

— Je ne crois pas, non. Je ne suis pas très libre. Mais merci tout de même.

Sur ces paroles, elle ramassa son sac et sortit de la salle en courant presque.

De retour chez elle, Saz appela Caroline.

— Et James n'a pas essayé de te contacter ?

— Eh bien, si c'est le cas, il n'aura eu qu'un message des télécoms.

— Il y avait assez d'argent pour payer le changement ?

— Largement. Tu m'offres aussi mon dîner de ce soir, merci.

— Bien, très gentil à moi.

Elle l'informa avoir rencontré Maggie.

— Ça, elles sortaient ensemble, c'est sûr, et si la perruque lui dit quelque chose, c'est qu'elle est au courant pour *Calendar Girls*, à tous les coups.

— Pas forcément, il se pourrait qu'elle ait juste vu

Septembre la porter. Sur un déguisement, ou un truc comme ça. À mon avis, étant donné tout ce qu'on sait des mensonges ou des fantasmagories de Septembre avec John Clark, il est peu probable qu'elle ait révélé à sa copine son activité à *Calendar Girls*.

— Oui, mais d'un autre côté, elle a pu mentir à Clark et être totalement honnête avec Maggie.

— C'est ça. Ben voyons. Ça te plairait que ta petite copine bosse dans un truc pareil, toi ? Sans compter que si Septembre passait ouvertement de la coke ou je ne sais quoi des États-Unis, est-ce que tu crois qu'à la place de Maggie, tu te produirais dans des boîtes minables pour faire rigoler des jeunes ivrognes vicelards – tout ça pour quatre-vingts livres par soir ?

— Faut voir. Peut-être que ça lui plaît, les boîtes minables.

— Elle a eu l'air bien pressée de filer, ce soir.

— De filer, ou de t'échapper ?

— Merci.

— Elle est peut-être affligée d'une éthique protestante du travail.

— La moitié de ses blagues sur scène ont trait au fait qu'elle est catho.

— Bon… Et ça, alors ? Elle s'est sentie trop coupable de dépenser l'argent sale gagné par Septembre, et elle a décidé de subvenir à ses propres besoins…

— Non. Il y a autre chose. Elle a eu l'air vraiment effrayé quand elle m'a découverte au bar. Elle est devenue blanche.

— Comme un fantôme ?

— Non, plutôt comme si elle venait d'en voir un.

— Gaffe !

— Oh, arrête ton char, Carrie, ce n'est franchement pas le genre de gouine à brandir un pic à glace !

— De toute façon, ces filles-là n'assassinent que des hétéros.

— Ah exact, j'avais oublié. Idiot, hein ? Mais à part

me pointer chez elle pour la forcer à me dire où s'est évaporée Septembre, je ne vois pas de solution.

— Va demander à Annie.

— Je ne la connais presque pas.

— Mais moi si. Elle est sympa. Parle-lui. Tu vas trouver un moyen, c'est toi la détective. Et fais-lui de grosses bises de ma part.

— Ah. Encore une autre créature surgie de ton passé ? Quelqu'un dont tu as « oublié » de me parler, peut-être ?

— Elle, non. Mais son frère, oui.

23

Des bonbons pour la voiture

Les quelques jours qui suivirent furent difficiles. Elle était cinglante, notre relation, comme lorsqu'on marche pieds nus sur du givre. J'attendis que ça se tasse. Nous étions redevenues neuves, rêches. Et courtoises, nous étions très courtoises.

— Bonjour.
— Bonjour.
— Tu veux une tasse de thé ?
— Oh non, ça va, je peux me la préparer.
— Ça ne me dérange pas, vraiment.
— Bon, eh bien, si tu insistes…
— Tu prends bien du sucre, n'est-ce pas ?
— Hum, oui. Oui, merci.

Nous étions pareilles à de nouvelles colocataires qui n'ont pas encore connu leur première engueulade pour savoir qui a bu tout le lait.

Cela dit, ça collait, d'une certaine manière. Chacune de nous deux se sentait assagie, je crois. Calme comme après une nuit d'averse. On voulait réessayer. Du moins, on en donnait l'impression. Moi. Je voulais trouver une nouvelle façon pour que ça marche. Si une telle chose existait. Et je crois aussi qu'on y serait parvenues. Si on nous avait laissées en paix.

Mais les autres ne vous accordent aucun répit, en fait. Ils sont toujours là. À regarder par-dessus votre épaule. Le seul moment où ils vous laissent tranquilles, c'est lorsque vous avez vraiment besoin d'eux. Quand frappent les terreurs nocturnes et que vous vous réveillez seule. Couverte d'une sueur glacée, quémandant la main qui vous apaiserait. C'est à ce moment-là qu'on ne vous dérange pas.

Et c'est à ce moment qu'il a surgi. La première fois où je l'ai vu, c'était il y a quelques semaines, je pense. Un lundi, ou un dimanche. Il était assis dans une voiture rouge garée près de l'appartement. Après le carrefour. C'est l'auto que j'ai remarquée en premier. Elle fleurait bon l'argent. Une américaine, ou une européenne, avec le volant à gauche. Je ne crois pas m'être dit quoi que ce soit à son sujet, jusqu'à ce que je me rende compte trois jours plus tard qu'il était toujours là. Lui aussi semblait respirer l'argent. À ce moment-là, je n'aurais pas su dire s'il était grand ou pas. Je l'avais seulement vu assis dans la voiture. La cigarette au bec. Il était assez beau garçon, j'imagine, pour qui aime les types dans son genre. Blond, un beau profil, la mâchoire carrée. Ma mère l'aurait qualifié d'« idole pour matinée télé ». Trop beau pour être vrai, si vous voulez mon avis.

Il ne me vint pas à l'esprit qu'il puisse avoir une quelconque importance. C'était juste un quidam dans une voiture.

Nous nous entendions très bien. Nous prenions des précautions, faisions attention l'une à l'autre. Tout en persistant à ne pas coucher ensemble. Ça paraissait plus raisonnable. Encore qu'elle se soit faufilée dans mon lit plusieurs fois tard le soir – un truc à mi-chemin entre le sexe et la tendresse. On essaya de faire l'amour une fois, mais je ne parvins pas à jouir et, après un bon moment à s'évertuer, je lui dis stop, demain peut-être. Elle s'enfonça dans le sommeil et je restai allongée là longtemps, à écouter sa respiration. Ce son était tel qu'il avait toujours été : ses poumons n'imaginaient pas dans quel état était mon cœur. On eut de longues conversations sur « notre relation » qui se prolongeaient tard dans la nuit. Je m'étais toujours promis de ne jamais faire une telle chose. Ne jamais avoir à me rabibocher. J'avais cru que si ça ne marchait pas de soi-même, je partirais, point. Mais maintenant, alors que ça semblait légèrement moins pénible, partir paraissait impossible. Nous étions liées, ligotées l'une à l'autre. On possédait des meubles. Diviser une collection de disques est facile. On peut toujours faire une cassette du Tracy Chapman. Comment partage-t-on un canapé-lit ?

Je me souviens avoir eu une date un jeudi soir. Je suis partie vers vingt heures et il était toujours planté là, la voiture garée sous un réverbère, à lire le *Standard*. En y repensant, son intérêt envers le journal paraissait un peu trop intense pour un canard aussi mince. Mais j'ignorais encore à quel point il était grand. Je ne savais vraiment pas grand-chose. Lorsque je rentrai sur le coup de minuit, il n'était plus là.

J'évoquai l'homme devant elle. Parlant juste d'un type dans une voiture.
    Elle faillit piquer une crise.
    — Où ? Où est-il ?
    — Je sais pas. Rentré chez lui, sûrement.
    — Il y est encore ?
    — Non, je viens de te dire qu'il y était tout à l'heure, mais que maintenant, il est parti.
    — Quelle tête il avait ?
    — Je sais pas.
    — Mais si, forcément !

— Calme-toi, ma chérie.

— Comment ça, me calmer ?

— C'est juste un type dans une voiture.

— Ah ça non.

— Bon, eh bien dans ce cas, c'est quoi ?

— Tu ne comprends pas.

— Touché. Bon sang, mais de quoi tu parles ?

— Doux Jésus !

— Où est le problème ?

— Où est sa voiture ?

— Je sais pas, elle était garée au carrefour.

— Mais plus maintenant ?

— Non. Peut-être qu'il reviendra demain.

— Merde ! Pourquoi tu ne m'en as pas parlé plus tôt ?

— Je savais pas que ça avait tant d'importance pour toi ! Bon Dieu, mais qu'est-ce qui te tracasse tant ?

— Je... Je... Oh, rien. Rien.

— Rien mon œil, merde !

— Ne crie pas quand tu me parles.

— Je ne suis pas en train de crier, susurrai-je. Explique-moi.

— Non.

— Si.

— Ça n'a aucune importance. Ce n'est même pas lui, probablement.

— Lui qui ?

— Personne. Oublie ce que j'ai dit.

— Qui ça ? Ton monsieur Clark ?

— Non. Mon « monsieur Clark »», comme tu dis, n'a rien du bellâtre pour matinées télé.

— Alors, c'est qui ?

Elle refusa de le dire. D'en parler. Ne me laissa même pas aborder le sujet. Mais je sais qu'elle ne dormit pas, cette nuit-là. Je l'ai entendue marcher en long et en large dans la chambre. Parce que je ne dormais pas non plus. Il s'y trouvait de nouveau le lendemain matin. Le vendredi. Mais pas le soir. Je ne le revis pas au cours des jours qui suivirent. On parvint à dormir.

Les choses s'améliorèrent. Au bout d'une semaine environ, nous avions pris conscience qu'on pouvait se disputer de nouveau sans que la maison s'écroule sur nos têtes. Retour à la normale.

Quoi que puisse être la normale.

On partit faire des courses ensemble. Comme n'importe quel couple heureux, à badauder dans les rayons de Sainsburys. À chercher d'autres couples homos – faciles à repérer, les mains se touchent à peine tandis qu'ils dirigent le Caddie ensemble. Les lesbiennes allaient surtout vers les légumes secs et les céréales, s'éloignant autant que possible de la viande fraîche, les gays recherchaient la cuisine minceur. C'est tomber dans le stéréotype, je sais, mais je n'y peux rien si mon supermarché du coin n'attire que les familles les plus conformistes.

À John Clark, elle ne donna pas signe de vie. Dit avoir effectué une coupure totale. Que ce serait plus facile ainsi. Ça allait sans doute le rendre malade d'inquiétude – mais je ne ressentais pas suffisamment de compassion envers lui pour en faire la remarque. Sa mère appela mais elle ne répondit pas au message. Je lui dis d'aller y faire un saut si elle en avait envie. Que je ne m'en offusquerais pas. Elle affirma qu'elle préférait s'abstenir. Elle voulait passer du temps avec moi, sans être interrompue. Elle repartit travailler quelques jours et puis demanda si elle pouvait partir un peu en congés afin de reprendre pied, parce qu'elle se sentait encore très faible à la suite de l'accident. Comme ils ne lui devaient aucun jour de vacances, ils lui accordèrent deux semaines d'« absence compassionnelle ». C'est-à-dire non payée.

Comment ça se passe quand ce n'est pas compassionnel? Est-ce que c'est vous qui devez les payer?

Le lundi de la première semaine, on passa toute la journée enfermées à la maison. Il faisait froid dehors, et gris. On regarda les émissions télé et mangea de la soupe de tomate. On s'était installées sur le canapé, portant toujours nos T-shirts pour dormir. La main dans la main pour la première fois depuis des jours. Ce soir-là, elle m'embrassa sur la joue pour me souhaiter bonne nuit. Comme dans les sitcoms familiaux. Exactement.

Le lendemain nous sortîmes nous promener dans le parc d'Hampstead, près de l'étang de baignade pour femmes. Ce fut merveilleux. Les lieux, débordant de gens en été, étaient quasiment déserts. Rien que nous et deux vieilles dames – de celles qui viennent y nager chaque jour que Dieu fait. Qui cassent la glace pour pouvoir entrer. Qui appellent l'endroit «La Mare aux Dames». C'était un de ces beaux jours d'hiver comme il y en a si rarement: un ciel bleu vif, un vent cinglant, un air froid et clair qui vous remet le cerveau en place. On pique-niqua là-bas. Des sandwiches estivaux que l'on absorba emmitouflées dans nos gros pulls et notre épaisse couverture. J'étais presque tentée de me joindre aux nageuses, mais elle me convainquit que les «dames» ne verraient pas d'un bon œil que j'aille me baigner en soutien-gorge et culotte.

Mon soutien-gorge et sa culotte. De nouveau, nos vêtements étaient mélangés.

On passa la majeure partie de la journée en plein air puis rentra à la maison comme l'obscurité se faisait. Je repérai la voiture du type lorsqu'on passa le coin de la rue, mais je n'en dis mot. On avait passé une journée trop agréable pour la gâcher en soulevant le sujet du mystérieux monsieur X.

En tous cas, c'est ainsi que je raisonnai à ce moment-là. Bien entendu, après tout cela, c'est moi qui ai gâché le tableau. L'ai saboté aussi totalement que si l'on n'était pas revenues ensemble du tout. Non, pire encore. C'était il y a quelques semaines à peine. Je voudrais tant n'avoir jamais vu cet homme.

Enfin, on a passé une super journée, malgré tout.

24

Pendue au bout du fil

À trois heures et demie du matin, le mardi, Saz fut réveillée par la sonnerie du téléphone. Elle roula hors du lit pour tendre le bras vers l'origine du bruit, qui se trouvait enfouie sous un tas de vêtements. Dont elle finit par tirer le combiné, en compagnie d'une chaussette sale.

— Ouais ?

— Saz, c'est Claire.

— Mmmm ?

— Écoute, je sais qu'il est tard, mais je me suis dit que tu tiendrais à être au courant le plus vite possible.

— Tu es retombée amoureuse ?

— Arrête ! Même moi, je ne t'appellerais pas à trois heures du mat pour un truc aussi banal. Non, je viens de recevoir un appel de ma copine Sandra, à New York – elle ne savait pas qu'il était si tard, c'est encore une heure décente pour appeler là-bas, enfin, si tant est qu'elle sache ce que décence signifie...

Saz se sentit soudain pleinement éveillée. Elle actionna l'interrupteur.

— Claire, accouche, et arrête avec tes histoires de méridiens.

— Bon, très bien. Il est là.

— Qui ?

— Ton Simon James – Simon James McAuley, de son vrai nom

— Il est là où ?

— À Londres.

— Extra ! Et donc, McAuley, tu dis ? C'est son vrai nom ?

— Il semblerait que oui. Il manque un peu d'imagination, hein ? Il s'est contenté de jeter son nom de famille aux orties. C'est un homme d'affaires très connu à New York. Très en vue, même. Il a tous les amis bien placés qu'il faut.

— Ouais, je leur ai servi le champagne, à la plupart. New York regorge de gens célèbres dotés des mêmes goûts que lui.

— Peut-être, mais Sandra dit que pour ce qui est de leurs services de police, son casier à lui est blanc comme neige.

— Claire, il est trop tard, épargne-moi tes jeux de mots.

— Et mots et camés ?... Il est trop tôt, tu veux dire. Je ne m'étais même pas aperçue de l'heure.

— Continue ton histoire.

— Eh bien c'est tout, en fait, de leur point de vue, il n'a pas le moindre truc à se reprocher... Enfin, elle l'a quand même rencontré lors de je ne sais plus quel gala de charité, et elle dit qu'elle ne lui ferait pas confiance une seconde, même avec un rotweiler pour la protéger...

— Ouais, ben lui, de toute façon, ce n'est pas trop le genre à aimer les chiens. Ça fait combien de temps qu'il est arrivé ?

— Depuis ce week-end. Il séjourne dans son appartement de Londres, à Fulham... et ouvre grand tes oreilles : l'appart est situé au-dessus de sa boutique.

— Sa boutique ?

— Une ébénisterie de luxe. Des imitations d'ancien mobilier royal.

— Il fait les meubles lui-même ?

206

— Mais non, c'est son personnel. Lui, il se contente de récolter l'argent en les vendant à des riches imbéciles qui croient qu'un fauteuil peut valoir plusieurs milliers de livres – même dépourvu d'armoiries de la cour.

— Il a une affaire à Londres ?

— Saz, je sais qu'il est tard, mais tu n'es pas forcée de répéter tout ce que je dis. D'après elle, il fait le voyage tous les dix-huit mois environ. « Pour vérifier comment marche le commerce », je cite.

— Comment as-tu obtenu toutes ces infos ?

— Par le bureau de Sandra. Elle est très au courant de tout. Et elle a un indic au fisc.

— La bonne vieille mafia lesbienne a encore frappé, c'est ça ?

— Non. Sandra est hétéro. C'est par son mari.

— Il n'y a pas grande différence. Donc, la suite ?

— Eh bien, comme M. McAuley gagne de l'argent chez nous, il est forcé de le déclarer aux États-Unis, autrement il ne pourrait jamais le dépenser sur place, vois-tu ? C'est comme ça qu'ils le connaissent.

— Depuis combien de temps est-il en activité ?

— Le milieu des années quatre-vingts.

— Et *Calendar Girls* remonte à quand ?

— Mars 1981. Il a commencé par ça à New York, et gagné de l'argent qu'il a ensuite investi à Londres.

— La boutique s'appelle comment ?

— Le nom va te plaire. Miss Septembre.

— Bon sang, j'aurais dû me douter. Son truc, c'est les Anglaises.

— Quoi ?

— Rien. Je répétais simplement une phrase qu'il m'a dite. Mais pourquoi donc voudrait-il posséder une ébénisterie à Londres ?

— Peut-être que les Amerloques n'ont pas beaucoup d'argent à mettre dans du mobilier d'art. Et ils ne sont probablement pas très royalistes. Je ne sais pas. Parce que la berlue lui a pris ? Parce que l'opportunité se présentait ?

— Non, ce n'est pas ce que je voulais dire. S'il avait l'intention d'agrandir son portefeuille d'affaires, pourquoi avoir choisi une branche entièrement différente ? *Calendar Girls* marche très bien. Je suis sûre qu'il pourrait lancer un truc similaire ici.

— Peut-être qu'il a simplement un goût pour les fauteuils ?

— Extrêmement plausible. Quoique non. Tout le monde sait combien les charges et les impôts sur les entreprises sont prohibitifs en Angleterre.

— Il n'y a que toi qui sois au courant, chérie, la plupart des Anglais n'ont pas de relations aussi intimes que toi avec les services publics de subventions aux entreprises.

— Claire, tu as un poste en or dans un cabinet de conseil qui possède des bureaux dans trois capitales différentes… Je m'étonne même que tu connaisses l'existence de subventions aux créations d'entreprise.

— Je ne savais pas que ça existait, c'est toi qui m'en as parlé. Quoi qu'il en soit, je suis sûre qu'il est suffisamment malin pour contourner un écueil aussi mineur que le fisc.

— Sans aucun doute, mais je n'arrive pas à croire qu'il s'agisse d'une vraie boîte. Ça doit être en rapport avec les machins que Septembre transportait pour son compte.

— Un trafic massif de faux pieds Chippendale, peut-être ?

— Non. La drogue, ou le reste, provient de New York, pas le contraire.

— Eh bien, dans ce cas, peut-être que ces fameux fauteuils valent vraiment leurs quatre mille livres chacun.

— Quoi ?

— Les pieds Chippendale.

— Claire, sois cohérente, il est quatre heures moins le quart du matin.

— Des pieds creux, Saz. Qu'on peut aisément remplir de certaine fine poudre blanche.

— Tu penses ? Un peu trop évident comme truc, non ?

— Tu ne comprends pas. Moi, ça me semble aussi plausible que tout le reste, dans cette affaire. Des tables de jeux, des filles déguisées, de la drogue… Es-tu certaine de savoir ce que tu fais ?

— Plus ou moins. Et de toute façon, mon problème, c'est Septembre. Écoute, merci pour tout. Tu m'as vraiment rendu service. Donne-moi les coordonnées du magasin, que je puisse m'y mettre dès demain matin.

Saz raccrocha et s'efforça de se rendormir. Au bout d'environ une heure, elle renonça, s'habilla et partit courir. Lorsqu'elle revint se doucher et prendre le petit déjeuner, il était six heures et demie, une heure quasi correcte pour appeler Helen et Judith. Ce fut cette dernière qui répondit.

— Oui ?

— C'est Saz, je te réveille ?

— Non, mais par contre, tu nous déranges.

— À six heures et demie du mat' ? Eh bien, quelle énergie !

— Helen était sur un truc important, elle est rentrée il y a à peine une heure. En quoi peut-on t'aider ?

Saz leur raconta ce qu'elle savait de James, et Helen décrocha le deuxième combiné.

— Écoute, tu n'as aucune preuve de tout ça, ou je me trompe ?

— Non. De simples soupçons. Et des rumeurs. Et des interprétations. Quand il dit « pigeon voyageur », je pense drogue. Mon hypothèse n'a rien d'extravagant, étant donné la coke que j'ai trouvée dans le tiroir de son bureau.

— Bien, parce que si tu avais des preuves, je serais forcée d'en référer officiellement.

— Je sais bien, mais dans ce cas-là, il saurait qu'il a quelqu'un aux trousses.

— Impossible à éviter. Si tu es dans le vrai, il doit avoir pas mal de gens aux trousses. Écoute, le mieux qu'on puisse faire, c'est jeter un œil dans nos fichiers, voir si ce commerce à Londres est en règle, sous quelle activité la boutique est immatriculée, ce genre de chose. Jude peut vérifier son statut avec les services d'immigration.

— Merci.

— Pas de problème, mais tu n'as pas beaucoup de temps devant toi.

— Comment ça ?

— Écoute, Saz, nous sommes deux braves petites poulettes qui veulent devenir deux grandes dames poulaga, et malheureusement, on n'est franc-mac' ni l'une ni l'autre. On ne peut pas rester muettes là-dessus trop longtemps. À un moment ou un autre, il y aura forcément quelqu'un qui voudra savoir pourquoi on pose des questions, et on a... disons, le devoir, je ne vois pas d'autre terme... on a le devoir de le dire. Ton boulot consiste à trouver Miss Septembre, enfin, la femme, je veux dire, et j'ai l'impression à t'entendre que M. James relève plutôt de la justice.

— McAuley.

— Ouais, c'est ça. Mais ce n'est pas lui, ton problème. Et tu devrais t'arranger pour qu'il reste en dehors de ton enquête. Pigé ?

— Je comprends. Combien de temps peux-tu m'accorder ?

— Quelques jours au maximum, après quoi il faudra que tu viennes cracher le morceau au bureau pour qu'on lance un truc officiel. Entendu ?

— Ouais, je pense. Vous me direz ce que vous trouvez ?

— Promis, dès qu'on met la main sur quelque chose. Bon, est-ce qu'on peut reprendre nos petites affaires, maintenant ?

— Ouais, allez, foncez. Et merci.

Saz mit en route le répondeur et se recoucha. Elle s'éveilla assez tôt pour parler à Helen vers midi, Helen qui dit que Simon James McAuley avait un dossier nickel à la fois en tant que citoyen et en tant que contribuable, et avait atterri à Heathrow dans la matinée du samedi, en déclarant vouloir passer trois semaines dans le pays – afin de vérifier la bonne marche de ses affaires et s'octroyer quelques vacances.

— Il faut lui accorder qu'il est bon dans son métier, Saz. M. McAuley n'a jamais eu maille à partir avec nos gars, ses quatre employés sont hautement qualifiés, éminemment respectables – un directeur, deux ébénistes, et une secrétaire – et tous sont en règle avec les impôts. Locaux, fonciers, tout ça.

— D'accord, big sister. Merci de m'avoir prévenue.

— Mais j'ai tout de même de bonnes nouvelles pour toi.

— Quoi donc ? Judith a tout dit à ses parents ?

— Ouais, c'est ça, et le Pape vient d'épouser Mère Teresa. Non, un truc beaucoup plus pertinent dans notre cas. Annie Cox loue des chambres.

— Ce sont les ordinateurs de la police qui t'ont renseignée ?

— Non, espèce d'idiote, *Capital Gay*. Rubrique Offres de logement.

— Et après ?

— Donc, ça te fournit le prétexte parfait pour la rencontrer. Non seulement vous avez une amie commune, mais tu brûles d'emménager chez elle.

— Merci, Hell. L'inspecteur Morse serait fier de toi.

— Pourvu que non. Je ne supporte pas l'opéra, moi.

Saz appela Annie, mentionnant à la fois Caroline et l'annonce, et se retrouva derechef invitée à passer pour le thé l'après-midi même.

« Oui, merci, Annie, refile-moi donc une tranche de ce délicieux pain d'épices maison, ainsi que le nom de la petite amie de Maggie Simpson – si ça ne te dérange pas… »

25

Poudre de perlimpinpin

Ensuite, tout s'est passé très vite. C'était comme les courses de Noël. Tout à coup, ça vous tombe dessus, et vous découvrez que vous avez oublié des centaines de choses. Vous n'êtes pas prête du tout. Vous voudriez qu'on vous donne deux jours de plus. Mais vous savez que vous ne les aurez jamais.

Notre premier Noël ensemble avait été renversant. Au départ, elle s'était opposée mordicus à ce qu'on marque un tant soit peu le coup. Aucun sapin n'avait jamais décoré les halls bénis de sa demeure placée sous la protection des *mezuzahs*. Je lui dis que Jésus était juif. Elle rétorqua qu'un chandelier à sept branches aurait été fort dangereux dans l'étable, au milieu de toute cette paille. J'affirmai qu'une jeune adolescente capable de persuader son fiancé qu'elle a été imprégnée par l'Esprit Saint est sans doute susceptible de se débrouiller sans extincteur. Comme elle n'était pas plus convaincue, j'expliquai les racines païennes de la fête, et que Jésus était sans doute né en avril, de toute manière. Comme la plupart des semi-chrétiens, je suis bien plus efficace quand il s'agit d'expliquer la date de naissance probable du Christ que ce qui a présidé à sa naissance. Et d'abord, comment un homme qui a eu autant d'influence sur le monde pourrait-il être Capricorne ? Non, il fallait forcément qu'il soit né en avril, et arien. (Non, pas aryen, évidemment – je passai un moment pénible à épeler le terme). Ce paganisme une fois établi, nous nous attelâmes avec ardeur aux festivités.

L'arbre, les cadeaux, le gui – tout ainsi que le prescrivait le rituel dans ma famille. Aucune dispute à envisager sur l'ordre des événements, sur qui faisait quoi. Loin de nous les bagarres à répétition style « Et nous, on donne toujours les cadeaux le matin »… « Mais le beurre au cognac, ma mère le fait toujours maison ! »

Une semaine avant le réveillon, tout était prêt, et on se précipitait dehors pour contempler notre ouvrage. Il étincelait là, dans la grande fenêtre de notre second étage. Un arbre de Noël avec quatre guirlandes électriques différentes clignotant sur un rythme syncopé, et les bougies vacillantes de la *Hannukah*. Lumière naturelle et lueur humaine. L'Homme a fait la Lumière. La Lumière a fait l'Homme. Cette métaphore catholique lui passait loin au-dessus de la tête.

Pour notre petit déjeuner de Noël, on mangea du saumon fumé et des *latke*. On démarra le déjeuner avec une soupe de poulet et l'acheva sur du plumpudding. Et on mangea des chips de crevette tout en regardant Dorothy s'endormir dans son champ de pavots. Cette nénette comprendra-t-elle jamais rien à rien ?

Cette année, notre concession à la Nativité s'est réduite à une branche de gui au-dessus du chambranle de l'entrée, dans le hall. On ne voulait pas en faire trop, il nous fallait encore un peu de temps. Pour voir si on pouvait se retrouver. Ou si l'on était destinées à rester colocataires à jamais. Elle ne voulait toujours pas retourner au travail, alors j'ai appelé quelques salles, laissé des messages pour dire que j'étais dispo pour boucher un trou s'ils avaient une annulation de dernière minute. J'ai attendu que le téléphone sonne. Et même, osé répondre. Sa mère n'a pas appelé, une chance.

Et le travail a afflué. Il y a toujours beaucoup de boulot à cette époque de l'année. Les gens ont envie qu'on les déride. Ils veulent oublier qu'il fait froid et noir dehors.

Moi, J'oublie.

Je suis rentrée tard, lundi. Ce lundi, celui qui vient juste de s'écouler. Après une représentation. Il pleuvait. Il avait garé sa voiture au même endroit. Ça m'a rendue furax. Ça faisait plusieurs jours que je ne l'avais pas vu et je m'étais dit qu'il était peut-être parti. Je décidai que c'en était trop. Quelques bières, une soirée de travail, les applaudissements résonnant toujours à mes oreilles m'avaient remontée comme une horloge. J'avançai à hauteur de la voiture. Pour lui dire de s'en aller. La personne qu'il cherchait, qui qu'elle fût, n'allait pas sortir de notre maison-grange à deux heures du matin. Seulement, il n'était pas dans la voiture. Elle était vide.

Je m'apprêtais à glisser ma clé dans la serrure quand je l'ai entendu. Une voix d'homme, criarde, en colère. Et elle : effrayée. J'essayai de prêter l'oreille tout en me débattant avec le verrou. Je parcourus le hall au pas de course et entrai dans la cuisine. Elle était assise à table, la tête entre les mains. Elle semblait avoir passé des heures à pleurer. Il était campé au-dessus d'elle.

— Vous êtes qui, bordel ?

Il leva la tête alors que je tendais la main vers le tiroir à couteaux. L'homme de la voiture. Non que cela m'ait vraiment surprise. Je m'attendais presque à ce qu'il vienne. Il me lança un sourire, mais sans cesser pour autant de lui comprimer l'épaule.

— Voyons, Septembre, présente-moi à ton amie.

Cet enfoiré avait l'accent américain, elle se contenta de continuer à pleurer.

— Vous êtes qui, merde !

— Maggie, laisse tomber. Il allait partir.

— Comment ? On ne me propose pas de thé ? Où est passé le sens de l'hospitalité anglaise ?

Elle se leva et se dégagea d'une torsion.

— Barre-toi, Simon. Il y a un témoin dans cette pièce, maintenant. Tu ne pourras pas venir à bout de nous deux. Pars.

Il resta debout là un instant, comme s'il soupesait ses paroles. Ensuite, sans rien dire, il me sourit, lui caressa les cheveux, et l'embrassa sur le front. Elle le laissa faire. Elle avait très peur.

— Ciao, euh… Maggie, c'est ça ? Content d'avoir fait votre connaissance.

— Va te faire foutre.

— Mon charme agit, je vois. Bon, on se revoit bientôt, ça ne fait aucun doute. Il reste une petite question de boulot à résoudre.

Sur quoi il s'en alla. Passa la porte d'un pas nonchalant comme s'il s'agissait d'une petite promenade dominicale. Il s'arrêta juste en dessous du gui, dans l'entrée, leva la tête pour le regarder, puis baissa les yeux vers moi. Je tendis le bras derrière lui et arrachai la branche. Puis je claquai violemment la porte et bouclai à double tour derrière lui.

Quand je revins dans la cuisine, elle pleurait. Sanglotait. Agitée de tremblements. Elle était dans un sale état. Je fis du thé, chaud et sucré comme à la télé, l'enveloppai dans une couverture et attendis. Ça sortit par bribes. Cet endroit à New York. Comment elle l'avait connu lui, par l'intermédiaire d'un client, peu avant notre rencontre à nous. C'était comme ce truc avec John Clark. Ça en appelait à son goût du mystère. Elle dit que durant longtemps il n'avait été question que de jouer les hôtesses, mais que par la suite, une fois, alors qu'elle avait vraiment besoin d'argent, il lui avait demandé de transporter des choses à Londres pour lui. Et elle avait accepté. C'était dans un bibelot. Un affreux objet comme ceux qu'elle mettait parfois chez nous. Elle dit que ce n'était pas du tout sans risques, mais que ça faisait partie du jeu. Du sel. Sa vie tranquille avec ses parents, l'avenir balisé qu'ils lui avaient réservé – elle dit que c'était une façon de subvertir tout ça, mais sans avoir à les affronter. Un peu comme d'être dans la Résistance, sauf que la bonne cause, c'était elle. Et elle avait couru ces deux autres lièvres séparément, sauf quand l'un fournissait une excuse pour le second. Ce fut dur à croire. J'avais avalé l'histoire John Clark alors même qu'elle servait de couverture à celle-ci. Il y avait tant de mensonges.

Trop.

Mais elle ne voyait pas les choses ainsi. Elle trouvait ça excitant. L'aspect drogue m'effrayait, je ne voyais pas comment elle pouvait en faire autant et s'en tirer, mais elle dit n'en avoir transporté que deux ou trois fois sur ses quinze et quelque voyages à New York. Dans tous les autres cas, elle n'avait rien à se reprocher, et les gens la reconnaissaient désormais à la douane, au point qu'ils lui faisaient signe de passer sans broncher. Et puis, elle venait si souvent à l'aéroport, pour récupérer des clients, des groupes de touristes. Parfois on lui prenait son chargement. Parfois c'étaient de vrais touristes, parfois non. Je refis du thé.

— Pourquoi tu ne m'en as pas parlé ?

— Je savais que tu détesterais.

— Ah oui ? Qu'est-ce qui te fait croire ça ? De la cocaïne, un boulot d'entraîneuse, tout à fait le genre de truc que j'adorerais te voir faire ! Non, finement analysé. Ça me débecte.

— Et je ne voulais pas arrêter.

— Même pas pour moi ?

— Même pas pour *moi*.

— Tu es dingue.

— Je sais.

— Et alors, qu'est-ce qu'il veut ?

— Il pense que je lui dois de l'argent.

— C'est vrai ?

— En un sens. Parce qu'en vérité, c'est quelqu'un d'autre qui le lui doit, mais il refuse de me croire.

— Quoi ?

— L'accident... Ce n'était pas un accident. J'avais remis le chargement comme j'étais censée le faire, sauf que, cette fois-là, ils ont voulu me donner l'argent.

— Ils ne procèdent pas comme ça, d'habitude ?

— Oh, non ! Ça fait une trop grosse somme. Ça passe par quelqu'un d'autre, ou un commerce. Je ne sais pas vraiment, je me contente de livrer. Mais en tout cas, je ne m'en mêle jamais.

— Sauf que cette fois-là, si ?

— Ouais, ils m'ont donné l'argent... En liquide. Je leur ai dit que je ne pouvais pas le prendre, mais ils ont répondu que si je refusais, ils ne feraient pas le voyage pour payer. Alors je l'ai pris. je n'avais pas vraiment le choix. Deux cents mètres plus bas dans la rue, je me suis fait renverser par une moto. Le soi-disant gentil motard est descendu m'aider et a pris les billets. Il savait à qui il s'attaquait. Il m'avait vue les ranger dix minutes plus tôt.

— Je ne comprends pas. Tu as rangé tout cet argent dans ton sac au vu et au su de tout le monde ?

— Ouais. Dans la maison où ils me l'ont donné. Il

était parmi eux. Il m'a observée pendant que je quittais la maison, il est monté sur sa moto et m'a renversée. Après quoi il descend pour m'aider, avec des airs de bon Samaritain, et il regarde dans mon sac pour trouver mon nom, alors qu'en fait, il prend l'argent. Après ça, il part appeler une ambulance. Sauf qu'il ne revient pas.

— Tu aurais dû trouver quelqu'un pour l'arrêter.

— Ben voyons. « Non, merci monsieur, ne vous inquiétez pas pour mes bleus et mes côtes cassées, contentez-vous d'empêcher ce type de me voler. Oui, c'est ça, l'homme qui vient presque de me tuer. » Je vois d'ici comment ça aurait tourné.

— Bon, mais pourquoi n'avoir rien raconté à la police ?

— Raconté quoi ?

— La vérité.

— Que je passe de la drogue et qu'il faut qu'ils viennent à la rescousse ? Ne sois pas idiote. J'allais organiser mes dîners secrets du vendredi soir au parloir ? Non, j'ai trouvé la solution toute seule. Je savais que Simon voudrait l'argent et je me suis débrouillée pour l'emprunter à John. Ou je me disais que je pouvais toujours proposer de retourner travailler au club – gratis, il n'aurait qu'à garder tous mes pourboires, je savais que ça mettrait du temps mais j'y serais arrivée, en fin de compte. Et je voulais aussi lui annoncer que je me retirais du transport de marchandise.

— Tu as emprunté l'argent à John Clark ?

— Oui, je te dis.

— Alors comment se fait-il que tu ne l'aies pas donné à cet Américain ?

— J'allais le faire. Mais je voulais d'abord lui parler. Lui dire que je désirais arrêter. Que je n'en pouvais plus. Que c'était la dernière fois que je lui transportais des trucs. Il a refusé de m'entendre. On avait déjà eu une prise de bec sur ce point une fois, à New York. Il a refusé de m'écouter. Et je ne sais même pas s'il m'a crue quand je lui ai parlé du motard. Mais je ne serais pas étonnée qu'il ait été au courant dès le départ. Je le vois bien tout manigancer lui-même pour me forcer à rester... Enfin bref, c'est là-dessus qu'on s'engueulait quand tu es entrée.

— Tu n'aurais pas pu l'appeler ? Il fallait vraiment qu'il fasse tout le voyage depuis New York pour s'entendre dire que tu démissionnes ?

— Il est venu à Londres pour affaires. Il en a ici aussi.

— Comme c'est pratique. Et comme c'était gentil de ta part de l'inviter chez nous.

— Je ne suis pas bête à ce point. Il a eu vent de l'accident et l'hôpital lui a donné notre adresse.

— Ils n'ont pas le droit de divulguer des informations de ce genre.

— On n'a pas le droit non plus d'importer trois cent cinquante grammes de coke cachée dans un modèle réduit du Brooklyn Bridge. Mais ça arrive.

— N'empêche, c'est illégal.

— Oui, ma chérie, fumer de l'herbe aussi, et tu as une vaste expérience dans ce domaine.

— Ce n'est pas du tout du même ordre. Tu as bien été payée pour ça, non ?

— Oui.

— Eh alors ?

— C'est passé en allers-retours vers New York. En voyages toutes les deux, ou en cadeaux pour toi. Cette très jolie bague ancienne en argent que tu portes en ce moment même, par exemple. Telle que tu me vois, je suis pratiquement à sec, il faut que je rende à Simon ce que je lui ai emprunté et que je trouve le moyen de rembourser John.

— Combien t'a-t-il prêté ?

— Trop.

— Où est l'argent ?

— Dans la chambre. Entre le matelas et le sommier. De mon côté du lit. De toute façon, ça ne change rien, il va revenir chercher l'argent, mais il ne voudra pas me lâcher.

— Ne sois pas bête, on n'est pas dans un film. Dans la vie réelle, on trouve toujours le moyen de régler les choses dans ce genre.

— Dans la réalité, les gens se font tuer pour des retards de paiement.

— En Colombie, peut-être.

Ça se poursuivit durant des heures. Question, réponse. Question, réponse. Moi qui essayais de minimiser le côté effrayant des choses, alors que l'on sursautait toutes les deux au moindre bruit dehors. Je n'arrivais pas à croire qu'elle ait pu faire tout cela sans que j'en sache rien. Mais en fait, il semblait que la plupart des choses me soient passées largement à côté. Je me rendais compte que nous avions mené des vies illusoires, toutes les deux. La sienne, avec son facteur d'« excitation » et la mienne, avec ma croyance que tout pouvait être parfait si on faisait assez d'efforts. Si l'on s'aimait assez d'amour. Nous étions debout dans le salon, observant le soleil d'hiver émerger de derrière la rangée d'immeubles en face, quand une idée me vint soudain. L'idée que l'on ne peut jamais vraiment connaître quiconque. Qu'il est déjà extrêmement difficile de se connaître soi-même. Facile de mentir. Et je lui posai la question.

— Ça t'est arrivé de coucher avec lui ?
— Qui ?
— L'Américain.
— Oui.
— Depuis qu'on se connaît ?
— Oui.

Je la frappai. Soulevai la main et la frappai, pas plus difficile que ça. En travers de la tête. Et tandis qu'elle tombait, j'observais la scène, comme si tout se déroulait au ralenti, image par image. Je la vis s'écraser le crâne sur le bord de la cheminée. Entendis le bruit. Le bruit de son crâne sur le manteau de cheminée que nous avions mis deux jours à décaper. Décaper jusqu'au fer. Du fer dur, froid. Elle tomba par terre. Il était huit heures du matin.

Je me précipitai hors de la pièce, sans prendre la peine de fermer à clé. Je passai la journée à déambuler. Marcher sans rien faire d'autre. Je m'arrêtai une fois prendre un café – dans un MacDo, je crois, ou un Burger King, enfin peu importe, un de ces endroits horribles où même votre café sent le bifteck haché. Quand je rentrai à la maison, il faisait noir depuis longtemps déjà. Il devait être neuf ou dix heures, je crois. Elle était toujours là, mais quand j'ai regardé dans la chambre, le lit était tout défait et l'argent ne s'y touvait plus. Elle était étendue à l'endroit où elle était tombée le matin. Sauf que maintenant, elle était froide.

Elle l'est.

26

Motarde au vinaigre

Saz en était à la moitié de sa troisième tasse de thé sans qu'ait pu être évoqué le sujet de Maggie. Elle avait vu toute la maison – dont la chambre d'amis, celle qui l'intéressait soi-disant –, avait croisé les enfants de Keith sur le seuil de la porte, qui filaient à une teuf, et simulé le ravissement à l'idée de partager ses pénates avec trois adolescents.

« Non, vraiment, c'est formidable. Sans ça, on ne rencontrerait jamais de jeunes, non ? »

Elle avait visité le potager – *ad nauseam* –, Annie lui avait dit le nom latin d'à peu près toutes les plantes, sans compter leur date de plantation, période de maturité probable, et mode de cuisson envisagé. Saz avait admiré les buissons de houx et l'arbre de Noël « bio ». Elle s'était montrée si enthousiaste côté jardin qu'Annie avait même menacé de l'amener jusqu'à leur terrain horticole, jusqu'à ce que Saz avoue « mourir d'envie de boire un thé » et suive Annie à l'intérieur, certaine de passer la nuit affligée du pire rhume des foins de sa vie depuis cette randonnée nature forcée en troisième année de lycée. Et lors du thé, sans la plus petite miette de pain d'épices, avec juste les muffins aux fruits maison d'Annie, elle était parvenue à évoquer Caroline avec Keith.

— Oh, ce n'était qu'une petite aventure, on ne peut

même pas parler de relation. C'était peu de temps après le décès de ma femme, j'essayais de me raccrocher à n'importe quoi. On était ensemble depuis environ deux mois quand Carrie a décidé qu'en fin de compte, elle était homo, et j'ai compris qu'il valait mieux faire mon deuil.

— Faire ton deuil de Carrie ?

— Non, de ma femme.

— Oh, désolée. Remarque, je ne crois pas que ce soit juste une question de sexualité, Carrie a déjà suffisamment de mal à décider de passer trois mois au même endroit, et encore plus avec la même personne.

— Ouais, mais bon, elle est encore jeune, peut-être qu'avec le temps ça lui passera.

La porte de la cuisine s'ouvrit à la volée et Dolores jaillit dans la pièce, entièrement vêtue de rose. Différentes nuances : jupe en vichy rose vif, tunique rosâtre délavée et collants rose pâle gainés dans des bottes – peintes en blanc avec des fleurs roses fluorescentes.

— Qu'est-ce qui lui passera ?

— D'interrompre les conversations des autres, espérons-le…

Annie lui fit un baiser.

— … Chérie, je te présente Saz Martin. Elle est venue voir la chambre.

— Ah, oui. Salut, Saz.

— Bonjour.

— Tu es gouine ?

— Dolores !

— T'inquiète. Si elle l'est, ma candeur la désarmera, et sinon, elle saura à quoi s'attendre de la part de nos amis.

— Oui, je suis goudou.

— Et moi douée d'intuition, non ? Cela dit, les choses étaient vraiment plus simples quand les lesbiennes portaient l'uniforme…

Tirant sur la longue écharpe rose qui retenait la queue de cheval de Dolores, Annie la força à se baisser.

— Tu t'es vue, Femme Fatale ? De toute façon, ça peut difficilement passer pour une intuition étant donné que j'ai mis une seule annonce, et qui plus est dans *Capital Gay*... annonce que tu as payée toi-même, d'ailleurs... Maintenant, tais-toi, et sois gentille avec notre pensionnaire. Tu pourrais mettre en route une bouilloire, tiens.

Dolores, assise sur le genou d'Annie, se leva d'un bond.

— Peux pas, faut que je me change. J'ai promis à Maggie d'aller faire un tour chez elle.

Soudain, Saz se passionna silencieusement pour sa tasse de thé.

— Ah bon, tu lui as parlé ?

— Tu sais bien que non, enfin, pas depuis des siècles. J'ai essayé d'appeler mais ça ne répond jamais et j'en ai marre de laisser des messages sur le répondeur. Cela dit, j'ai effectivement prévenu que je passerai un de ces jours, et c'est le premier soir où je suis libre, or à en croire *Time Out*, elle aussi.

Saz releva les yeux.

— Votre amie proclame ses soirées libres dans *Time Out* ?

— Non, elle fait du café-théâtre, tu l'as peut-être vue se produire. Elle s'appelle Maggie Simpson.

— Tiens, justement, j'assistais à son spectacle pas plus tard que la semaine dernière ! Elle était très drôle. On a pris un verre ensemble.

— Ah bon ?

— Hum, juste un.

— Formidable ! Est-ce que tu lui as plu ?

— Je ne sais pas.

Saz prit un air embêté : la conversation ne partait pas du tout en direction de Septembre.

— Dolly !

— Tu vois, Annie ? Bon, puisque Saz plaît à Maggie...

— Dolores ! Maggie a déjà une petite amie. Fiche-leur la paix.

Keith versa une nouvelle tasse de thé à Saz.

— Annie a raison, Dol, ne te mêle pas de ça.

— Eh bien, ça ne peut pas faire de mal que j'amène Saz avec moi, non ?

— Je suis certaine que Saz a des choses beaucoup plus intéressantes à faire que t'accompagner. Et puis si ça se trouve, elle a peut-être déjà une petite copine de son côté.

— C'est le cas ?

— Euh, non. En fait, non.

— Tu cherches ?

— Pas vraiment. Désolée. Écoutez, je ne veux pas déranger, et il est sûrement temps que je vous laisse, de toute façon.

— Où habites-tu ?

— À Camberwell, pourquoi ?

— Dans ce cas, c'est entendu. Maggie habite à Stockwell, je te ramène chez toi après être passée chez elle. Super, je vais monter me changer.

Dolores se précipita à l'étage et on entendit quelques instants plus tard claquer plusieurs portes et placards.

— Ah, tiens, une nouvelle crise d'habillement. C'est la coutume ici. Enfin, chez elle. Désolée de cette histoire, Saz.

Annie se mit en devoir de débarrasser.

— Dolores sortait avec Maggie avant, et elle se sent encore très responsable de ses faits et gestes. Maggie a passé quelques moments difficiles avec sa petite amie récemment, et Dol s'est mis en tête de lui trouver quelqu'un d'autre.

— Ce qu'elle n'apprécie pas, c'est qu'elles s'aiment, malgré toutes les merdes qu'elles ont connues dans leur relation. J'ai l'impression qu'elles vont finir leur vie ensemble. Je ne vois pas Maggie la laisser partir.

Dolores fit sa réapparition dans la pièce d'un pas alerte et se jeta au cou d'Annie, manquant projeter à terre les trois tasses que celle-ci portait jusqu'à l'évier.

— Ça, Keith, ce n'est qu'un mythe entretenu par ceux qui croient à l'amour. Lequel, ainsi que nous le savons tous, est totalement inatteignable... À moins de s'appeler Dolores et Annie!

Elle avait ratissé en arrière les cheveux qui lui masquaient auparavant le visage. Deux traits noirs, plus épais encore que les précédents, lui rôdaient sous les yeux, et une combinaison branchée noire la recouvrait des pieds à la tête, agrémentée de bottes et d'une veste en cuir noir. L'effet était saisissant.

— Mazette, quelle maîtresse femme!

— Ta ta ta, cher beau-frère, garde ta jalousie pour toi. Tu sais que je me mets toujours sur mon trente et un pour aller sur l'autre rive. Tu viens, Saz?

Saz, entrevoyant là la meilleure chance qui lui ait été donnée depuis longtemps, ne se le fit pas dire deux fois. Elle accepta, convenant d'appeler Annie le lendemain en marmonnant des compliments sur la maison et des atermoiements style «il faut que je réfléchisse».

— Oui, pas de problème, quel dommage que tu aies rencontré Dolly maintenant, Keith et moi espérions qu'elle ne rentre pas avant qu'on t'ait persuadée d'emménager ici. Bon, si elle n'a pas fait trop de ravages d'ici demain, passe-moi un coup de fil et dis-moi ce que tu décides.

Saz emboîta le pas à Dolores et sortit dans la rue où elle se vit confrontée à son moyen de transport: une Harley rutilante. Dolores lui jeta un casque en hurlant:

— Monte! C'est le moment de la journée que je préfère. Le serin, le coucher de soleil en début de soirée... On y sera en un rien de temps.

Saz, assise sur la moto derrière Dolores, s'agrippa à la chose en cuir située devant elle tandis qu'elles parcouraient à grand bruit plusieurs petites rues, puis passaient le fleuve sur fond de soleil couchant en train de plonger derrière Westminster, les sculptures éoliennes surmontant la Cinémathèque brillant tel un phare qui signalait l'entrée vers le sud. Lorsqu'elle descendit de l'engin, elle se dit que même si elles étaient en effet parvenues en un rien de temps à l'appartement de Maggie, elle-même n'avait pas eu une seconde pour songer à l'insaisissable Septembre, et encore moins à son nom véritable. Elle suivit Dolores en haut de l'escalier menant à la maison de style classique avec ses paniers de géraniums bien entretenus suspendus de chaque côté de la porte.

— Ce sont des logements conventionnés ?

— Non, un bon vieux bail privé. La petite amie de Maggie a des goûts de luxe.

— Ce doit être dur pour Maggie de contribuer aux frais du ménage, non ?

— Je ne sais pas, mais elles ont l'air de très bien s'en tirer. Elles ont tout le confort moderne ! Ah oui, comme c'est au deuxième étage, elle va devoir descendre nous ouvrir.

Au moment même où Dolores levait la main pour actionner la sonnette, la porte s'ouvrit. Maggie s'apprêtait visiblement à partir.

— Putain ! Tu m'as fait une de ces peurs ! Qu'est-ce que tu fiches ici ?

— Une simple petite visite, mon chou. Je te présente Saz, elle dit t'avoir parlé l'autre jour.

— Ah, oui, euh… après le spectacle ?

— Moui, je ne voudrais surtout pas m'imposer…

— Écoutez, je dois sortir, je n'attendais personne… Je ne peux pas… Il faut que j'aille chercher du lait.

— Pas de problème, on t'attend.

— Vous préférez sûrement voir Dolores seule à seule. Je peux rentrer chez moi, vraiment…

Saz fit mine de vouloir partir.

— Non, je ne veux pas voir Dolores, ni personne. Laissez-moi tranquille. Allez-vous-en. Laissez-nous tranquilles. »

Maggie se mit à pleurer. Pas des larmes normales, celles qui auraient dû accompagner ses paroles troublées, mais en geignant doucement. Elle glissa le long du battant de porte et Dolores la rattrapa au dernier moment. Elles la serrèrent entre elles et lui firent monter l'escalier intérieur, Dolores alternant entre paroles de réconfort et malédictions au sujet de son poids. Elles passèrent le seuil de l'appartement de Maggie et Saz prit en pleine figure la froidure qui régnait dans les lieux.

— Par ici, Saz, voilà, et on va jusqu'au salon maintenant. Très bien, là.

Saz poussa la porte en question.

— Bon sang, Maggie, il fait un froid de canard ici. Qu'est-ce qui s'est passé, t'as fait couper l'électricité ?

Mais Maggie n'était pas en état de lui répondre. Les rideaux tirés ne fournissaient qu'un rempart minime contre le vent glacé pénétrant par les fenêtres ouvertes qui se trouvaient dans leur dos ; la pièce était presque plongée dans les ténèbres.

— La lumière est par là, sur la table. Occupe-t-en, je la tiens.

Maggie gémissait toujours quand Saz actionna l'interrupteur. Elle se retourna pour aider Dolores.

Dolores, qui était pâle comme un linge et semblait prête à tomber dans les pommes.

Saz suivit la direction de son regard, jusqu'au fauteuil où elle se retrouva face à face avec Septembre.

27

Panneau de pub

Et donc, on est juste restées à la maison ensemble. Moi et la femme avec qui je vis. La femme taillée comme Isabella Rossellini. On ne sort pas. De toute façon, il fait sombre et froid dehors. Ça ne servirait à rien.

Il fait sombre et froid dedans aussi.

J'ai cessé de répondre au téléphone, et simplement, une fois que la cassette est parvenue jusqu'au bout, j'ai débranché le répondeur pour laisser sonner.

On reste assises là, mais elle refuse de me parler. Comme si c'était ma faute. Elle essaie de me rendre coupable. Et ça marche.

Le catholicisme et le judaïsme sont si semblables. Comme disait toujours Lorna, l'amie de ma mère, « il n'y a qu'une page de différence entre les deux ».
Aucune de nous deux n'a jamais lu beaucoup.
Parfois, j'essaie de me lever. De sortir me balader. Et je pense que je devrais en parler à quelqu'un, mais je ne vois pas qui. Elle voulait que personne ne soit au courant, pour cet homme. Ni de ce qu'elle faisait. Comme elle refusait que quiconque sache, j'ignore qui appeler.

Le téléphone n'arrête pas de sonner. C'est sûrement sa mère. Ça fait maintenant des semaines qu'elle n'a pas pu lui parler. Mais si je décroche, il faudra que je lui cause. Et je sais qu'elle ne le voudrait pas. Aucune d'elles ne le voudrait. Et je fais maintenant montre d'une sagesse exemplaire, je le sens, je le dois, je ne peux rien faire de pire. Ni arranger les choses.

C'est très silencieux ici, maintenant. Quand le téléphone ne sonne pas. Très calme. Aucun bruit de dispute entre nous. Ni de parties de plaisir.

Je l'ai ramassée, elle ne devait pas avoir envie de rester allongée par terre. Elle était plus lourde que je m'y attendais. Que la dernière fois où je l'ai soulevée. Transportée dans mes bras. Il y avait quelque chose, là où elle avait reposé. Comme si elle avait vomi. Mais pas beaucoup. J'ai nettoyé. L'ai nettoyée elle. Et il y avait de la poudre. De la coke, sans doute. Je ne sais pas, j'ignore tout de ces choses. C'est elle qui sait. Ça n'arrive qu'à la télé, me disais-je. Pas vraiment. Je ne suis pas très au jus question drogues dures. Ça m'est passé à côté. Je n'aime que la bière. Et le gin, mais seulement avec des tonnes de tonic et de glace. J'ai nettoyé. Je voulais tout faire disparaître. Tornade blanche. Mais je sais que c'est impossible. Je dois agir. En parler à quelqu'un.

Il faisait très froid quand je me suis réveillée, ce matin. Je ne sais pas combien de temps j'ai dormi. Je ne saurais plus dire. À partir de maintenant, je vais garder les rideaux tirés. Je ne veux pas que l'Américain revienne. Il a tout bouleversé dans la chambre la dernière fois qu'il est passé. Mis notre joli lit sens dessus dessous. Je ne crois pas que j'y redormirai un jour. Il a son argent à présent. Il devrait se contenter de partir. Mais j'ignore s'il le fera.

232

J'ai vu une drôle de chose ce matin. Je n'avais pas remarqué avant. Elle n'a pas de chaussures aux pieds. Alors qu'elle en portait. Quand elle est tombée. Quand je l'ai frappée. Fait tomber.

En disgrâce. Adieu au Paradis.

Quand je me suis précipitée hors de la chambre, elle portait des chaussures. Et plus maintenant. Je ne sais pas pourquoi. Peut-être qu'elle voulait voir ses pieds. Je ne comprends pas. Elle aimait être pieds nus. Elle ôtait ses chaussures dès qu'elle le pouvait. Et elle les rangeait toujours avec soin. Mais je ne lui ai pas permis, ce soir-là. Je les ai trouvées dans son placard. Je ne vois pas comment elle a pu les mettre là. Ni comment il pourrait savoir quel est son placard à elle.

Je somnole beaucoup. Je ne cesse de rêver qu'elle me parle. Me raconte des choses. Elle vient à moi dans mon sommeil, vêtue comme une espionne. Comme Mata Hari. L'espionne qui m'aimait. Nous discutons dans mes rêves. Comme si c'était la réalité.
Et on ne s'y dispute pas.
Dans mes rêves, elle ne ment pas.

Ensuite je me retrouvais dans la salle de bains, en train de me brosser les dents, de me préparer pour son enterrement. J'étais en noir, à peine maquillée. J'avais pleuré. Comme la pièce était tout embuée, j'ouvrais la fenêtre et je la voyais. Dans le jardin, en train de cueillir des fraises. Je descendais l'escalier quatre à quatre, sortais. L'herbe était verte et humide contre mes pieds nus. Elle se retournait et me souriait. J'étais incroyablement heureuse.
— Tu n'es pas morte. Tu n'es pas morte !
— Non, mais je suis très malade. Il faut que je prépare ça.

Je baissais les yeux. Elle n'était pas en train de cueillir des fraises, mais de les déterrer. Hormis qu'elle ne s'y prenait pas bien. Elle creusait trop profond. Creusait sa tombe.

— Non, ma chérie. Je lui saisissais le bras. Non. Tu n'as pas besoin qu'on t'enterre. Tu n'es plus morte.

— Mais tout le monde est en route pour l'enterrement. Je ne peux pas les laisser tomber.

Elle refusait de s'arrêter. Elle continuait à creuser. Elle creusait sa propre tombe sans cesser de répéter qu'il fallait qu'elle se dépêche pour avoir fini à temps pour l'enterrement. Elle refusait de m'écouter. Je me mettais à lui tirer le bras, essayant de la forcer à rentrer dans la maison, mais elle refusait de venir. Elle voulait continuer à creuser.

Je m'éveillai. Baignant dans une sueur froide. Et puis je compris que j'avais rêvé. C'était un songe. Elle n'était pas en train de creuser sa tombe, en fin de compte. Et je me sentis si bien, ça signifiait qu'elle n'était pas morte. Je pleurais de soulagement quand j'ouvris les yeux comme il faut. Et je la vis. Même dans mon rêve, elle avait raison. Elle ne se trompe jamais.

Cela doit faire des jours que je suis là assise en sa compagnie. Je sais qu'il faut que je fasse quelque chose mais je ne sais pas quoi. J'ai la tête tout embrouillée et je n'arrive pas à me figurer quoi faire. Il faudrait que j'appelle quelqu'un, mais je n'arrive pas à formuler une phrase. Et de toute manière, si j'appelle, ils vont l'emmener. Ils auront ce qu'ils ont toujours voulu. Me la prendre.

J'essaie de formuler des vœux. Je touche du bois. Et même, je prie. Mais les vœux, c'est pour la petite souris qui met une pièce d'or dans votre lit quand une dent tombe. Et mes prières sont un vrai fouillis.

« Sainte Marie mère de Dieu, priez pour nous pauvres pécheurs, et épargnez-nous la tentation, aujourd'hui et jusqu'à l'heure de notre sommeil, ô Seigneur prenez soin de mon âme si je devais trouver la mort avant le réveil… »

Mais ça n'arrivera pas, hein ?

Ils doivent la croire toujours en vacances, à son bureau. Elle l'est, en un sens.

Aujourd'hui, nous sommes vendredi. Encore. Les vendredis sont des jours affreux, et même maintenant ils apportent leur lot d'angoisses. Si ça se trouve, elle aura pris rendez-vous avec quelqu'un pour dîner. Ses parents, ou cet homme, John. Ou quelqu'un d'autre. Un autre habitant de sa vie rêvée. Quelqu'un dont elle a « oublié » de me parler, qui lui fournissait le sel que je ne pouvais lui donner. Ils vont sans doute appeler. Je devrais peut-être débrancher carrément le téléphone. Je ne supporte pas cette sonnerie. Je veux qu'il reste muet. Complètement. Je veux qu'ils me fichent tous la paix. Nous fichent la paix.

J'ai dormi un peu plus et puis, quand je me suis réveillée, il faisait à nouveau presque nuit. Je distinguais les réverbères à travers la fente des rideaux, leur lueur orange commençait à peine à s'activer. Elle était toujours installée là et je savais qu'il fallait que je sorte. Je ne pouvais plus rester assise. Je me rendais compte que le temps de l'attente avait pris fin. J'ai enfilé mon manteau pour sortir.

Ou tenter de le faire. Mais vous étiez sur le seuil.

Et nous voici là, toutes les trois.
Il fait froid, vous ne trouvez pas ?

28

Mise à plat

Il avait fallu attendre dix heures passées pour que Maggie arrive enfin à la fin de son histoire. Dolores l'avait couchée et était parvenue à persuader Saz de ne pas appeler tout de suite la police.

— Attends au moins d'avoir entendu ce qu'elle a à nous dire.

Tandis que Dolores s'occupait de Maggie, Saz prit soin de Septembre. Elle déplia son poids mort et la recouvrit d'un drap propre. Murmurant une excuse à la jeune femme pour la façon dont elle la tirait à demi jusqu'au canapé, et se remémorant les souvenirs d'enfance d'un catéchisme presbytérien dominical, elle s'apprêtait à prononcer une prière appropriée lorsqu'elle vit la minuscule *menorah* fixée sur l'étagère.

« Bon, Septembre, je sais que Maggie est catholique, et aussi qu'il doit seulement s'agir d'une décoration, mais puisque c'est ça, je vais m'en tenir au vingt-troisième psaume, il est dans les deux livres. »

Elle avait dégagé les cheveux qui barraient le front de la morte et l'avait dissimulée sous le drap. Ce n'est qu'une fois revenue en station debout, et en regardant le corps ainsi recouvert, qu'elle se dit qu'elle aurait peut-être dû ne pas le bouger, pour la police. Elle prépara du thé sucré et l'apporta dans la chambre, où

Dolores berçait Maggie, et où elles écoutèrent ses explications.

Au bout du compte, toutes histoires exténuées, Maggie s'endormit – dans les bras de Dolores. Elles la laissèrent là et se rendirent dans la cuisine.

— Désolée pour tout ça, Saz, je me sens responsable de t'avoir mêlée à ça. Dieu seul sait ce que Maggie a pu avaler. Je trouve ça complètement fou, ces trucs de drogue et tous ces hommes.

— Ouais, ça m'a fait cet effet aussi, il y a quelques mois. Mais maintenant, c'est très logique.

— Quelques mois ?

Saz refit du thé et raconta son versant de l'histoire.

— Et maintenant, je me sens vraiment nullissime, parce que si je n'avais pas été occupée à jouer les détectives quand j'ai rencontré Maggie dans ce pub, si je m'étais contentée de me présenter et de lui poser la question… eh bien, elle n'en serait peut-être pas là maintenant. Et si j'avais été honnête avec toi et avec Annie dès mon retour de New York… peut-être qu'on ne serait pas forcées d'expliquer à la police pourquoi on a mis trois heures à les appeler.

— Dans ce cas, téléphone à tes amies.

— Quels amis ?

— Les policières. Au moins, elles sont déjà au courant d'une partie de l'histoire, et elles pourront convaincre la maréchaussée de notre innocence… et tant qu'à faire, de celle de Maggie.

— Tu ne la crois pas coupable ?

— Je pense qu'elle l'a frappée, mais qu'elle ne l'a pas tuée. Et toi ?

— Non. Enfin, du moins, pas intentionnellement. Il y a l'argent disparu, et les chaussures. Peut-être qu'elle s'est réveillée. Et je connais Simon James, ne l'oublie pas. Je le connais, et il me fiche la trouille. Je vais appeler Helen et Judith.

Les deux femmes arrivèrent, l'air las, avec trois autres voitures pleines de policiers, certains en civil et la majorité en uniforme, qui paraissaient tous pleinement éveillés. Helen mit le grappin sur Saz dès qu'elle eut passé la porte.

— J'espère que tu nous as pas toutes foutues dans la merde avec tes conneries.

— Ouais, Hell, moi aussi. Mais les ennuis que nous risquons toutes les trois, ce n'est rien à côté de ceux de Maggie. Ou de Septembre, d'ailleurs.

Saz passa le restant de cette nuit-là à effectuer des déclarations à la police. D'abord chez Maggie, où ils lui firent également expliquer en long et en large comment elle avait bougé le corps, à quelle heure et pourquoi – question à laquelle Saz eut beaucoup de mal à trouver une bonne réponse, hormis qu'elle avait voulu redonner quelque dignité au cadavre. Elle dut ensuite répéter entièrement le processus au commissariat de Stockwell. Dolores subit un interrogatoire au cours des premières heures, puis on l'autorisa à partir. Maggie fut amenée d'urgence à l'hôpital sous escorte policière, les nuits sans nourriture, boisson ni chauffage en seule compagnie d'une amante morte l'ayant plus qu'éprouvée.

Deux policières escortèrent Saz jusque chez elle, où elles prirent toutes ses notes sur l'enquête, pour ensuite fouiller le reste de ses affaires à la recherche de tout élément susceptible de l'incriminer. Il n'y avait rien. Elle demanda à pouvoir appeler John Clark afin de lui annoncer la nouvelle en personne, mais reçut l'ordre de se tenir totalement à l'écart de tout cela, de n'essayer de le contacter sous aucun prétexte, et de se présenter de nouveau au rapport à onze heures du matin au commissariat de Stockwell. Il était déjà six heures et demie.

Elle se fit couler un bain énorme, si brûlant qu'il en était presque intenable, et s'obligea à pénétrer dans la baignoire. Où elle resta étendue aussi longtemps qu'elle le pouvait, pour, lorsqu'elle émergea, prendre conscience qu'elle était en train de pleurer. Elle se roula en boule dans l'eau. Sanglotant jusqu'à ce que son corps secoué de larmes les épuise toutes. Elle vida le bain et resta allongée là, sentant le poids de son corps lui revenir. Après quoi elle se sécha et alla se blottir dans son lit, réglant la sonnerie du réveil sur dix heures. Au moment de s'endormir, elle se souvint qu'elle avait passé la nuit à désigner l'amie de Maggie sous le sobriquet de « Septembre », alors que la police l'appelait « la disparue ». Elle avait tenu son cadavre dans ses bras et ignorait toujours son prénom. Elle se remit à pleurer au moment de glisser dans le sommeil.

Saz passa la majeure partie du samedi au commissariat, à répondre aux mêmes questions que la nuit précédente. On lui avait annoncé que, comme elle n'était pas en état d'arrestation, elle n'avait pas besoin d'avocat. Qu'il s'agissait juste de les « assister dans leurs investigations » – elle se demanda combien de fois elle avait entendu cette formule à la radio et combien de fois elle avait supposé que la personne qui les « assistait » n'était autre que le coupable. En fin d'après-midi, ils firent entrer un Américain qui lui posa des questions sur Simon James. Il semblait déjà en savoir gros sur lui, les questions étaient plus destinées à confirmer ses informations qu'à en générer de nouvelles.

« Donc, il avait de la coke en sa possession ? »

« L'avez-vous jamais vu en donner à quiconque ? »

« Avez-vous rencontré les autres femmes qu'il employait pour passer de la drogue ? »

Ce n'est que lorsqu'il lui demanda combien de temps elle avait travaillé pour James que Saz se rendit compte des soupçons de l'Américain à son égard : il croyait qu'elle aussi avait joué les passeuses.

— Écoutez, je n'y ai travaillé qu'en tant qu'hôtesse. Et ma seule motivation était d'en apprendre plus sur cet endroit. De mettre au jour des choses sur lui. Et puisque vous êtes de la police de New York, je trouve vraiment dommage que vous ne vous soyez pas posé ces questions avant. Parce que si vous vous étiez donné cette peine plutôt que de supposer qu'un homme ayant autant d'associés respectables et autant d'argent est lui-même respectable, Septembre serait peut-être encore en vie aujourd'hui.

— Oui, madame Martin, c'est fort dommage. Il est fort dommage également que vous ne nous ayez pas contactés lorsque vous étiez à New York, grâce à quoi nous aurions pu l'empêcher de quitter le pays. Bien, si ça ne vous fait rien, continuons. Une des filles est déjà morte, il y en a plein d'autres sur place. Des centaines, sûrement, qui devaient passer chacune de petites quantités de coke en croyant toutes être les seules à le faire, et qui trouvaient que ces quelques grammes de temps à autre n'étaient qu'une peccadille. Mais quand on additionne les quantités, on est très loin du compte. Alors essayons de voir si on peut l'arrêter, voulez-vous ?

À vingt-deux heures, Saz et l'Américain étaient aussi épuisés l'un que l'autre. Il lui déclara qu'il pensait avoir assez d'éléments et décréta qu'elle pouvait partir.

— Mais surtout, ne vous avisez pas de quitter la ville !

Elle essaya d'en apprendre plus à propos de Maggie au commissariat mais, n'ayant obtenu aucune réponse sûre, appela Dolores.

— Je ne sais pas. Si on en juge par ce que disait la policière de cet après-midi à l'hosto, ils n'ont pas l'air de la croire coupable. Elle l'a frappée, s'est précipitée dehors, elle était morte. Supposition logique. Du moins pour quelqu'un qui est déjà pas mal sous pression.

— Ils l'ont inculpée de quelque chose ou pas ?

— Pas encore. Apparemment, ça constitue une sorte de délit de ne pas prévenir les « autorités », comme on dit, dès qu'un être humain passe de vie à trépas, mais étant donné l'état psychologique de Maggie, je ne pense pas qu'ils pousseront le bouchon très loin. Et toi, tes infos ? Ils ont attrapé ton monsieur James ?

— Non. Enfin, je ne crois pas qu'ils me le diraient, on ne peut pas dire qu'ils me portent dans leur cœur, mais je pense qu'ils sont enfin convaincus que je ne suis pas juste une ex-petite amie, ni une passeuse qui veut se venger.

— Bien joué !

— Ouais, mais il leur a fallu presque toute la journée pour se rendre compte que je suis homo – ils auraient dû commencer par jeter un œil sur ma bibliothèque. Enfin voilà, maintenant, je rentre à la maison. On se rappelle ?

— Bien sûr. On est associées dans l'innocence, n'oublie pas.

Saz prit le bus pour rentrer chez elle. Arrivée là, elle monta les marches deux à deux, claqua la porte derrière elle et s'enferma à double tour. Elle alluma toutes les lumières, parcourut toutes les pièces, regardant dans le moindre placard, sous le lit, derrière chaque porte. Deux fois. Ce n'est que lorsqu'elle fut certaine de se trouver seule dans l'appartement qu'elle ferma les rideaux et éteignit.

Elle s'apprêtait à se glisser sous sa couette quand elle entendit le claquement lointain d'une portière de voiture. Ce n'était pas inhabituel, mais elle se sentait encore assez nerveuse et décida tout de même de descendre du lit. Elle souleva légèrement le rideau et regarda le parking en contrebas. Adossé à une voiture, et allumant une cigarette, se trouvait là Simon James. Il jeta son allumette et leva la tête. En plein vers la fenêtre de Saz.

29

Nettoyage

LE PROCÈS fut long et barbant. Riche de force avo-
casseries transatlantiques. Claire fut forcée d'expliquer les plus minuscules détails dans leur
quasi-totalité. Pas grand-chose à voir avec *Les Rues
de Los Angeles*. Cela faisait déjà des mois que Saz
avait été confrontée à Septembre quand elle put enfin
dire adieu à Simon James.

Elle avait appelé Helen à la minute où elle l'avait
identifié dans le parking et, cinq minutes plus tard,
l'endroit grouillait de policiers venus l'arrêter.

James ne se doutait visiblement pas une seconde
que Saz était en relation avec Septembre et Maggie,
faute de quoi il n'aurait jamais commis l'erreur de se
rendre jusque chez elle. Étant en Angleterre, il avait
juste décidé de·venir jeter un coup d'œil. Il s'était
arrangé pour que quelqu'un pénètre par effraction
chez Carrie et récolte les informations adéquates. Les
coordonnées de Saz se trouvaient dans l'agenda de
son amie, au jour du déjeuner précédant le départ
pour New York, et son nom était omniprésent lors des
deux premières semaines de l'arrivée de Carrie, aussi
avait-il aisément fait le rapprochement, et exhumé le
vrai nom de Saz ainsi que son adresse à Londres. Il

avait réglé son compte à une Septembre, pris un ou deux jours de congé, puis décidé de vérifier ce qu'il en était de la deuxième – sans doute pour reprendre là où ils en étaient restés lors de leur dernière rencontre.

Prouver la présence de James le soir du meurtre s'était révélé facile : il y avait des empreintes par-·tout, y compris sur le sac en plastique qui avait contenu l'argent de John Clark. L'autopsie prouvait que Septembre était morte d'une overdose de cocaïne administrée par intraveineuse, ce qui disculpait radicalement Maggie. Le médecin de la police déclara que le choc à la tête l'avait sonnée, mais pas tuée, qu'elle était probablement revenue à elle quelques heures plus tard – c'était sans doute là qu'elle avait ôté ses chaussures et s'était mise à ranger. Après quoi quelqu'un d'autre était entré et lui avait injecté la « dose mortelle ». Septembre se trouvait dans le salon, elle avait dû tenter de se relever puis était retombée. Pas étonnant que Maggie ait cru que tout était de sa faute.

Le plus dur fut de prouver que Simon James était impliqué dans l'histoire. Il admit ouvertement s'être rendu chez elle, mais affirma que c'était parce que lui et Septembre étaient des amants occasionnels, et ce depuis des années. Maggie fut forcée de rester assise là à tout écouter. Faisant appel aux informations qu'avait rassemblées Saz sur les autres « Septembre », la police avait finalement été en mesure d'en retrouver une et d'obtenir ainsi un témoin authentique sur les activités de James. Quand Judith l'interrogea, la fille admit avoir transporté de la coke pour lui à trois reprises, jusqu'au moment où elle n'avait plus pu les supporter, lui et la drogue, et était partie se terrer en Angleterre dans le comté de Cumbria. Ayant figuré parmi ses amantes, et s'étant fait menacer tout comme l'avait été Septembre quand elle avait tenté de quitter ce travail, elle était effrayée mais avait fini par se laisser convaincre de témoigner contre James. Dont la boutique de Londres, confirma-t-elle, servait de couverture pour le trafic, et elle en évoqua une autre, similaire, à Paris. Pour elle et Saz, cela signifiait passer des journées entières à attendre au tribunal, pour ne fournir que quelques simples phrases incriminantes pendant que la police s'efforçait d'empêcher les avocats de James de le faire repartir en Amérique.

Au bout du compte, il n'y avait pas de preuves suffisantes pour le condamner pour meurtre, mais il fut extradé aux États-Unis afin d'y être jugé pour contrebande de drogue. Saz eut droit à un voyage à New York aux frais de la princesse (le Trésor américain, en l'occurrence) afin de témoigner contre lui. On fit grand cas de la nécessité de la protéger des éventuelles « connections » de James. Fit grand cas, mais très peu de choses en fin de compte. Elle fut appelée à témoigner, et ensuite renvoyée à Londres. Elle n'avait pas vraiment le choix. Ayant admis dès le départ en savoir beaucoup plus qu'elle n'aurait dû, et « omis » de le dire à la police, ayant travaillé illégalement pour James lorsqu'elle était à New York, elle n'était pas tout à fait en position de marchander avec le gouvernement américain. Sept mois plus tard, elle apprenait qu'il avait pris huit ans pour de multiples méfaits liés à la drogue. Ses boutiques avaient fermé, aux États-Unis comme en Europe. Saz se promit d'installer des serrures supplémentaires à chacune de ses fenêtres et invita John Clark pour lui annoncer la nouvelle.

— Ouais, je sais, madame Martin, ils me l'ont dit quand ils m'ont rendu mon argent.

— Ah bon ? Ils vous l'ont rendu ?

— Pas tout, mais une bonne partie. Ça avait à voir avec le fait que le produit de ses affaires était frauduleux. Je ne sais pas. Je crois que j'ai eu de la chance d'en tirer quoi que ce soit.

— Comment ça marche pour vous ?

— Eh bien, j'ai utilisé la majeure partie de la somme pour me mettre à mon compte – le même genre de choses que ce que je faisais pour les télécoms, mais en free-lance. Formation, recyclage, conférences, des trucs dans ce genre.

— Votre femme doit être contente ?

— Ouais, nous avons connu des moments un peu durs, mais nous travaillons ensemble dans l'affaire, alors ça nous a fait du bien. Cette collaboration nous plaît. Elle s'inquiète moins à mon sujet, et je crois que je lui dois bien ça… D'ailleurs, je crois que je vous dois aussi quelque chose à vous ?

— Je ne trouve pas, je pense que je n'ai pas vraiment fait du bon travail.

— Mais si. Ils ne l'auraient jamais trouvé sans vous et votre Maggie aurait écopé de tout.

— Ouais, mais on ne peut pas dire que je vous aie retrouvé Septembre.

— Si.

— Un peu tard.

— Mieux vaut tard que jamais.

— Sa famille ne doit pas raisonner ainsi.

— Non. Ni Mme Simpson, et à la vérité, je ne peux pas dire que l'issue des événements m'ait satisfait, bien sûr, mais il n'en reste pas moins que, sans votre aide, elle serait tout aussi morte, alors que Simon James se baladerait toujours en liberté. Ce n'est pas beaucoup, huit ans, mais c'est déjà ça.

— Vous devez avoir raison.

— Je sais que j'ai raison. Alors voici l'argent que je vous dois, et désolé d'avoir mis autant de temps.

— Je ne pense pas pouvoir le prendre.

— Allons, je trouve que vous l'avez mérité. Et la brigade des stups doit penser comme moi. Au revoir, madame Martin.

John Clark laissa Saz dans le café devant le chèque posé sur la table. C'était le même établissement que lors de leur rencontre précédente, neuf mois plus tôt. Elle ramassa le chèque. Deux mille cinq cents livres. Elle repartit derechef et alla les déposer sur un compte à fort rendement auquel elle ne pourrait avoir accès avant trois ans.

« Ça va plaire à maman. Et d'ici là, avec un peu de chance, je ne serai plus autant malade rien que d'y penser. »

Alors qu'elle entrait dans le métro, elle dépassa une jeune femme teinte en blonde accompagnée d'un petit chiot attaché par une ficelle.

— Tu nous donnerais vingt pence ?

— Tiens. Laisse repousser tes vrais cheveux.

Elle lui donna la pièce et descendit les escaliers menant à la station.

30

L'après

Dolores racontait les obsèques à Saz.

— C'était très calme, froid, en fait. Rien à voir avec l'enterrement de ma grand-mère, où il y avait toutes ses vieilles amies. Mais l'intéressant, c'est de voir qui s'est pointé. Eh bien, on y était tous ! La famille au grand complet, bien sûr, et même John Clark et sa femme. On avait amené Maggie. Enfin, tous... C'est comme ça qu'on est arrivés, mais une fois qu'on a été séparés entre hommes et femmes, ça a pris un tour un petit peu différent. Son père, son beau-frère, un groupe d'autres mecs, des proches et des ex, sans compter John Clark, Keith et son fils. Et nous de l'autre côté, toutes les femmes.

— La famille a été comment avec Maggie ?

— À ton avis ?

— Je ne sais pas, je croyais que les gens se radoucissaient un peu à l'occasion de grandes épreuves comme ça.

— Seulement au cinéma, Saz. De toute façon, je ne suis pas sûre que les parents aient même su laquelle d'entre nous était Maggie. Je l'ai tout de même présentée à la sœur, qui s'est montrée très polie – bon, elle avait intérêt, la police lui a raconté tout ce qui s'est vraiment passé, alors que les parents avaient eu une version un peu édulcorée du cirque de leur petite gamine chérie à New York.

— Tu la portes toujours autant dans ton cœur, hein ?

— Comment pourrait-on en vouloir à une morte ? Non, je ne lui en veux pas, mais je trouve qu'elle en a vraiment fait voir de toutes les couleurs à Maggie. Je n'aime pas tous ces faux-semblants. Le mensonge me déplaît. Ça ne peut finir que dans les larmes. Ce qu'elle n'a jamais compris, c'est tous ces moments chouettes qui arrivent une fois que l'excitation a passé. Je ne crois pas qu'elle ait seulement essayé.

— Moi, je peux comprendre son penchant pour l'excitation. Je le ressens aussi.

— Ouais, bien sûr. Je ne nie pas ça. J'aime ça autant que n'importe qui. Ce que je trouve triste, c'est qu'elle n'ait jamais laissé une chance à Maggie de savourer la... la passion de la stabilité, je dirais.

— À t'entendre, il semble que ça te connaisse.

— J'essaie.

Saz resta en contact avec Maggie et Dolores. Maggie se remettait lentement. Au bout d'un mois d'hôpital, elle réemménageait avec la smala.

Un an plus tard, Maggie amena Saz au cimetière.

— Alors, tu viens souvent ?

— Au moins une fois chaque quinzaine. À présent, c'est moins pour la voir elle que pour me permettre de réfléchir. Il y a toujours énormément d'activité à la maison. Surtout maintenant que le petit ami de Gillian est venu s'installer. Keith n'arrive toujours pas à croire qu'il a produit trois enfants hétéros !

— Il est chouette ?

— Keith ?

— Le petit ami.

— Ça va. Pour un Américain.

— Oh. De mauvais souvenirs ?

— Ils se résorbent. Quand je pense que je croyais en avoir fini avec la thérapie ! Par là. Elle est juste derrière.

Saz suivit Maggie jusqu'à la nouvelle tombe. Elle ramassa un caillou sur le sol.

— Il faut déposer une pierre sur elle. C'est un truc juif. J'ignore la raison, mais elle m'avait dit que c'était la règle.

Après quoi elle sortit de sa poche une petite rose fripée.

— Je lui laisse aussi une fleur. Je ne crois pas qu'on soit censé faire ça, mais elle aime les roses. Ça ne l'aurait pas dérangée, je crois. Elle aimait aussi les chips au bacon.

Elle fit un signe de croix et releva les yeux vers Saz.

— Une chouette sépulture, tu ne trouves pas ?

Saz embrassa du regard la pierre blanche toute simple et lut ce qu'elle put : une partie était en hébreu.

— Ça signifie quoi ?

— C'est son nom – Stav.

— Stav ?

— Eh oui, sauf que la plupart des gens d'ici l'appelaient Steph.

— Oui, j'ai entendu ça au procès, mais Stav, ça veut dire quoi ?

— C'est le mot hébreu pour « automne ».

— Ah bon ?

— Ouais, sa mère m'a expliqué pourquoi.

— Tu es en relation avec la mère ?

— Je l'ai vue une fois ou deux, ça va. On s'est rencontrées ici. Par hasard, mais ça me plaît, en un sens. Je crois qu'elle aussi. Elle a de bonnes histoires.

— Et donc, celle de son nom ?

— Eh bien, ils habitaient dans le nord du pays. L'automne arrive plus tôt là-haut, tu sais ?

— Oui.

— Ils avaient prévu d'aller en Israël pour les vacances, sauf que son père travaillait dans le bâtiment à cette époque, et que l'été était une période très chargée. Ils n'avaient pas beaucoup d'argent à ce moment-là, et ça faisait des siècles qu'ils n'arrêtaient pas de remettre ces vacances à plus tard, alors Sarah – sa mère s'appelle Sarah, tu penses – donc sa mère a décrété que, dès qu'elle verrait la première feuille jaune sur l'arbre du jardin, il devrait prendre deux semaines de congé. Et elle a vu la fameuse feuille, et ils sont partis. Il a pris ses vacances et elle a été conçue en Israël.

— Et donc, il l'ont appelée Stav parce que, sans les feuilles d'automne, elle ne serait pas arrivée ?

— Tu es douée pour les déductions.

— C'est mon boulot.

Maggie se leva.

— Désolée, il faut que je parte maintenant, les chansons tristes me font toujours pleurer.

— Moi aussi, merci de m'avoir amenée.

— De rien. Ciao.

Maggie commençait de s'éloigner lorsqu'une pensée traversa l'esprit de Saz.

— Hé, Maggie ! Sarah a dit quand elle avait vu la feuille jaune ?

— Ouais. Elle a dit que, finalement, elle avait eu ses vacances en été. C'est-à-dire, à la fin de l'été. Elle a vu la feuille un premier septembre.

Maggie se remit en route.

Saz ramassa une pierre au pied de la tombe et la déposa avec les autres.

— Je ne sais pas pourquoi, mais je l'aurais parié.

DANS LA MÊME COLLECTION

Claude Amoz
Le caveau
n° 5741/G

Laurent Botti
Pleine brume
n° 5579/L

Serge Brussolo
Le livre du grand secret
n° 5704/E

Philippe Carrese
Graine de courge
n° 5494/G

Thomas H. Cook
Les instruments de la nuit
n° 5553/I

Philippe Cousin
Le pape est dans une pièce
noire, et il hurle
n° 5764/H

Linda Fairstein
L'épreuve finale
n° 5785/K

Nicci French
Jeux de dupes
n° 5578/L

Elliott James
Une femme en danger
n° 4904/L

Andrea H. Japp
La voyageuse
n° 5705/E

Éric Legastelois
Putain de cargo !
n° 5675/E

David L. Lindsey
Mercy
n° 3123/M

Estelle Monbrun
Meurtre chez tante Léonie
n° 5484/H

T. Jefferson Parker
L'été de la peur
n° 3712/K

Whitley Strieber
Billy
n° 3820/k

Dominique Sylvain
Travestis
n° 5692/J

Maud Tabachnik
Un été pourri
n° 5483/H

La mort quelque part
n° 5691/G

Carlene Thompson
Tu es si jolie ce soir
n° 5552/J

Noir comme le souvenir
n° 3404/J

Fred Vargas
Debout les morts
n° 5482/H

Un peu plus loin sur la droite
n° 5690/I

5797

Composition Chesteroc
Achevé d'imprimer en Europe (France)
par Maury-Eurolivres – 45300 Manchecourt
le 15 janvier 2001.
Dépôt légal janvier 2001. ISBN 2-290-30977-X

Éditions J'ai lu
84, rue de Grenelle, 75007 Paris
Diffusion France et étranger : Flammarion